C’est la vie, Lili

Valérie Dayre

C'est la vie, Lili

Neuf
l'école des loisirs
11, rue de Sèvres, Paris 6ᵉ

Loi n° 49.956 du 16 juillet 1949 sur les publications
destinées à la jeunesse : février 2002
Dépôt légal : février 2002
Imprimé en France par la Société Nouvelle Firmin-Didot
au Mesnil-sur-l'Estrée (58004)

L'ALLER

Mardi 31 juillet

Hier, dès qu'on est arrivé, je leur ai trouvé de drôles d'airs. Des airs de n'en pas avoir, des airs de rien, des œillades coulées dans les coins, puis vers moi, puis l'un vers l'autre.

On a mis un bon moment à s'extirper de la voiture surchauffée ; maman avait tenu à ce qu'on ouvre les fenêtres alors que papa affirmait que la climatisation c'était beaucoup mieux. Pendant cent kilomètres au moins, ils n'avaient parlé que de la température et des fenêtres ouvertes ou fermées, qu'on avait ouvertes, fermées et rouvertes mais, après ces hésitations, personne ne savait plus ce qui était le mieux. Ils ont fini par me demander mon avis. Cela leur a permis de changer de sujet et de râler parce que j'avais haussé les épaules et continué à regarder le paysage en disant que je me fichais des fenêtres.

Au cours des cent kilomètres précédents, le problème ne s'était pas posé. On était parti tôt.

– À la fraîche, avait dit papa. Trois heures du matin, c'est la bonne heure. Il n'y aura personne sur l'autoroute.

– Tes prévisions, bravo ! lui a répété maman pendant les trois heures qu'il nous a fallu pour arriver au péage, à peu près au pas, dans le grouillement humain et carrossé des vacanciers.

Après le péage, ce n'était pas beaucoup mieux, mais le premier obstacle était passé.

On a fini par arriver au relais sur le coup de dix heures du matin. J'aime bien ce mot, « relais ».

Il faisait déjà terriblement chaud, sans compter que les fenêtres ouvertes, quand on roule à quarante à l'heure de moyenne, ça ne rafraîchit pas beaucoup.

J'oublie de dire que, quand papa a fini par avoir gain de cause, parce qu'on était tous les trois rouges et trempés, on s'est aperçu que la climatisation ne marchait plus.

– Je te jure ! Cette voiture... a grommelé maman.

– Va le dire au fabricant ! lui a répondu papa.

Comme il était énervé, il a un peu embouti le pare-chocs de la voiture de devant. Rien de grave, on avançait à vingt à l'heure.

On est tous descendu. Le conducteur de l'autre voiture arrivait avec son constat à la main. J'ai bien vu qu'il était vexé quand il a dû admettre qu'il n'y avait même pas de rayure.

– Allez, quoi, ça peut arriver à tout le monde, lui a dit papa, en essayant de rire.

Maman avait déjà sympathisé avec la dame de devant ; elles se plaignaient en chœur que les hommes ne leur laissent jamais le volant.

Moi, quand j'ai vu la tête des deux mômes de l'autre voiture, je suis retournée m'asseoir sur ma banquette.

Tout aurait dû bien se terminer. Sauf que le type a demandé à papa de passer devant pour que lui « soit à l'arrière et qu'il ne se reçoive rien dans le derrière » (là il a éclaté d'un rire gras). Vu qu'on risquait de faire « un bon bout de route comme ça, cul à cul » (il a encore ricané), il préférait que ce soit lui qui veille sur notre pare-chocs plutôt que papa sur le sien.

– Ce qui revient au même, lui a répondu papa, vous aurez quelqu'un d'autre derrière.

– Oui, mais peut-être moins endormi, a dit le type.

Après, ils ont échangé des mots en criant et gesticulant. Je n'écoutais plus. Maman est remontée à son tour en voiture quand elle a compris que plus rien n'allait. La dame de devant est montée à l'arrière de son auto avec ses deux enfants. Maman s'est tournée vers moi :

– Lili, va dire à ton père qu'on peut passer devant. Qu'est-ce que ça fait ?

Novembre 2004						
L	M	M	J	V	S	D
1	2	3	4	5	6	7
8	9	10	11	12	13	14
15	16	17	18	19	20	21
22	23	24	25	26	27	28
29	30					

MERCREDI
24
NOVEMBRE

Décembre 2004						
L	M	M	J	V	S	D
		1	2	3	4	5
6	7	8	9	10	11	12
13	14	15	16	17	18	19
20	21	22	23	24	25	26
27	28	29	30	31		

48e sem. — *STE FLORA* — 329-37

lever 7 h 16, coucher 15 h 59 — *le 26*

→ « J'ai menti » p. 148
→ rôle imaginat° chez l'enfant.
→ pareille ?
→ sexe ou rôle personne ? difficulté à grandir

13 → illustrat°

→ invent // achiev

8 → journal estival

9 inventé

→ dérangeante

10 parenthèse

11 → ironie

12 humour

13 → regard adulte

de Lili sr ses

14 parents.

15 → réact° des

16 parents q

ont lu son

17 journal.

18 csq = âge de gran

19 dir.

20 → fugue

→ 2 ruptures ds

écriture

p. 133

= p. 139

Je suis descendue de voiture et allée voir papa. Lui et l'autre ne s'entendaient plus hurler: toutes les voitures de derrière s'étaient mises à klaxonner sous prétexte qu'on les empêchait d'avancer. C'est vrai que l'autoroute n'avait que deux voies à cet endroit-là. En plus, on était arrêté sur la file de gauche.

Heureusement, je n'ai pas eu besoin d'essayer de faire entendre ma voix et celle de la raison à papa. Il revenait, rouge, les cheveux ébouriffés. Il est monté en voiture, a claqué sa portière et fait vrombir le moteur, à vide.

L'autre a repris son volant, lui aussi, mais n'a pas démarré. Pourtant, il avait la place. Il attendait que papa passe devant, comme ils avaient fini par le décider.

Je suis remontée dare-dare en voiture car il m'a semblé que, dans l'excitation du moment, on risquait aussi bien de m'oublier.

Mais le problème a été justement de passer devant. Pas moyen de doubler à gauche, à droite non plus: les voitures avançaient au pas en une file ininterrompue.

– Descends et fais-les s'arrêter, a dit papa à maman.

– Ça va pas, non ? s'est écriée maman.

Papa a donné un grand coup de poing sur le volant. Puis il a respiré un grand coup.

– Bon, tu conduis, et je m'occupe de tout, a-t-il conclu.

Il est descendu. Le type de devant a montré sa tête hilare par sa portière.

– Ça va être dur ! a-t-il lancé à papa.

Papa a fait semblant de ne pas y prêter attention, mais je l'ai entendu marmonner un mot très gros quand il est passé devant ma fenêtre ouverte.

Il s'est planté au milieu de la voie de droite, un peu en arrière de notre voiture, et a levé la main comme un agent de la circulation.

Maman s'était glissée au volant.

Les klaxons de la file de droite sont venus s'ajouter à ceux de la file de gauche.

En embrayant, maman a fait caler la voiture. Je ne crois pas que c'était de sa faute, le moteur avait dû chauffer. C'est ce qu'elle a dit à papa quand il est revenu, très énervé.

Lâchement, ceux de droite ont repris leur train. Tout était à recommencer. Il a fallu redémarrer, pas facile. C'est papa qui s'en est occupé. Il était de plus en plus rouge.

De mauvaise grâce, il a redonné le volant à maman. Il est retourné faire la police chez ces égoïstes de la file de droite. Maman, cette fois, n'a pas loupé son coup et on s'est retrouvé en train de doubler le type de devant par la droite. Mais quand maman a voulu se rabattre sur la gauche, devant le type de devant pour qu'il passe derrière, ça a été vraiment dur.

– Un vicieux, nous expliquerait papa, plus tard.

Juste au moment où maman allait changer de file, après l'avoir signalé avec son clignotant, il a démarré. Comme ça. Maman a failli lui emboutir l'aile droite.

C'est alors qu'on a entendu un hurlement derrière : on avait oublié papa.

Comme un fait exprès, la circulation allait mieux depuis une minute ou deux. Peut-être parce qu'on avait bouché les deux voies. Il y avait bien trois cents mètres de bitume fondu devant nous. Trois cents mètres sans auto.

Après qu'on eut récupéré papa, on s'est retrouvé juste derrière le type de devant. Il n'avait démarré que pour avancer de trois ou quatre mètres, et il attendait, en riant.

– Ça ne va pas se passer comme ça, a dit papa.

J'ai eu le tort de suggérer que puisqu'on était sur la file de droite on pouvait bien continuer, et laisser le type de devant à côté, ni devant ni derrière. Papa a tourné vers moi un visage outré.

Il y avait, je l'ai dit, trois cents mètres de route libre devant nous, quatre cents maintenant. Papa a embrayé, la voiture a bondi.

Mais, pile, le type de devant a embrayé en même temps et les deux autos se sont retrouvées à faire la course côte à côte, presque collées l'une à l'autre.

– Un vicieux, ce type, nous répéterait papa.

Dans l'autre voiture, les mômes me tiraient la langue et faisaient des pieds de nez.

J'ai détourné la tête. C'était idiot, j'avais les yeux qui picotaient. Parce que j'étais vexée ou énervée ? Je ne sais pas. J'ai eu envie de voir quelque chose de beau. J'ai regardé partout. Je n'ai pas trouvé.

La course n'a pas duré longtemps. Là, papa a « eu du cran », comme il l'a dit après.

Le type de devant a freiné un peu plus tôt que lui, pour ne pas emboutir la dernière voiture du peloton, et papa en a profité pour lui faire une queue de poisson. Il s'est retrouvé devant, et l'autre derrière. Mais, du coup, comme papa avait été obligé de freiner rapidement rapport aux autos qu'il avait devant, l'autre derrière n'a pas eu le temps de s'arrêter. Il nous est rentré dedans.

C'est là que maman a eu sa crise de nerfs.

Enfin, on était devant, comme le type l'avait voulu pour ne pas se faire emboutir son pare-chocs arrière. Il avait seulement écrasé son pare-chocs avant.

Là, papa et lui ont pu commencer à dresser le constat. Moi, j'essayais de calmer maman ; la dame de l'autre voiture lui a apporté un verre d'eau. C'était gentil. Elle, n'avait pas de crise de nerfs, mais l'air très gris, comme une lampe éteinte.

Les deux mômes s'étaient roulés en boule par terre dans leur voiture, comme des hérissons. On ne les voyait plus, on ne les entendait plus.

J'avais vu leur père se tourner vers eux, juste avant de descendre de voiture pour le constat, et leur flanquer un aller-retour à chacun. Il avait failli gifler sa femme dans la foulée puisqu'elle aussi était assise à l'arrière. Il s'était arrêté à temps. En la voyant si grise.

Pour le constat, on a rebloqué la circulation, évidemment. Mais les choses ont fini par s'arranger : deux motards sont arrivés sur la bande d'arrêt d'urgence. Ils ont réussi à garer les deux voitures le long des glissières de droite, et se sont occupés de rédiger le constat car papa et l'autre n'étaient pas d'accord sur les torts ; le type de derrière, ex-devant, refusait de les partager sous prétexte que papa lui avait fait une queue de poisson, par la droite qui plus est.

Je ne sais pas exactement comment cela s'est terminé. Maman s'est calmée.

J'avais plus que jamais envie de pleurer. Je savais de moins en moins pourquoi.

Tout cela c'était hier, ça semble déjà si loin. Une journée, une nuit ont passé. En plus, ces histoires-là étaient très ordinaires.

Après, tout a changé.

Même jour, le soir

Le temps d'arriver au relais, tout le monde était calmé. Papa avait tempêté un bon moment mais, à mesure qu'il y réfléchissait, l'humiliation d'avoir dû souffler dans le ballon pour l'alcootest le rendait «philosophe», comme il l'a répété plusieurs fois.

N'empêche que chaque fois qu'il voyait une voiture qui ressemblait à celle de devant il appuyait sur l'accélérateur pour s'en approcher. Heureusement, on n'est pas retombé sur le type de devant. Sans doute avait-il pris une bonne avance. Nous, on s'était encore arrêté sur la bande d'urgence.

C'était de ma faute, cette fois. J'avais envie de vomir. J'ai vomi longtemps. Papa a pesté, je lui faisais prendre «un sacré retard».

Donc, parvenus sains et saufs au relais

d'autoroute, nous sommes tous les trois descendus de la voiture sans climatisation et avec l'arrière embouti (mais on pouvait ouvrir le coffre sans problème), et tout allait très bien.

Sauf qu'ils avaient tous les deux de drôles d'airs, je l'ai dit au début, des airs pas francs.

– C'est grandiose ici ! a dit maman. Une vraie ville.

Bizarrement émue, elle m'a bondi dessus, m'a serrée dans ses bras.

Papa a posé sur nous un regard attendri, sur ma tête une main molle, pudiquement tendre, et de sa voix légèrement enrouée (il était ému lui aussi) :

– Un vrai village, pas une ville, a-t-il corrigé. Un village. Et tout ça sur un pont... tout ça suspendu ! Ce qu'on peut inventer aujourd'hui en architecture... vraiment ! On ne le dit pas assez, mais dans trois cents ans on reconnaîtra là la quintessence du XXe siècle. Ça vaudra... ça vaudra Venise !

– Quand est-ce que tu m'emmènes à Venise ? a demandé maman en s'accrochant à son cou.

Elle m'avait lâchée ; ce n'est pas moi qui dois l'emmener à Venise. Papa continuait ses considérations.

– Je ne sais même pas s'il faut comparer un relais autoroute à Venise. Le XXe siècle a ceci de passionnant qu'il n'essaie pas, contrairement aux siècles qui l'ont précédé, d'inscrire du définitif, du beau dans ses créations. J'aime cette absence de prétention, cette humilité de l'homme devant l'éternité, à laquelle il n'essaie plus de se mesurer. Il a enfin reconnu sa petitesse, son insignifiance. Personne n'osera jamais plus construire de cathédrales. On se contentera de tracer des gestes, des cris qui vont mourir dans le néant, comme s'efface le sillage d'un avion dans l'azur !

J'ai regardé papa. J'ai cherché sur son visage les traces de l'humilité, de l'absence de prétention qu'il vantait. Je ne les ai pas trouvées. J'ai détourné les yeux.

Je veux construire encore des cathédrales.

– Quand est-ce que tu m'emmènes à Venise ? a répété maman.

Toujours cramponnée à son cou, elle a tapé du pied par terre et le talon de sa sandale s'est fiché dans le goudron ramolli par le soleil.

– Bientôt, bientôt, a promis papa en lui pinçant la taille. Cet hiver, peut-être. Bluteau m'a passé un dépliant génial au bureau. Des prix formidables.

Maman avait gardé le pied en l'air. Elle s'est penchée pour arracher sa sandale à la colle noire et, galamment, papa les a soulevées, elle et la sandale, pour les transporter sur un carré d'herbe à côté.

– Venise... continuait à rêvasser maman en faisant la gondole contre lui.

C'est leur jeu en ce moment. Il chante *O sole mio* et elle se balance en chuchotant que les coupes de champagne les attendent dans leur palais.

Maman appelle cela « le droit au rêve » et elle dit que pour le champagne, le palais, les gondoles, elle ferait bien la révolution.

En classe, on me dit que la révolution, c'est quand on manque de pain ou de liberté.

Maman ne doit pas être au courant. La preuve, elle prétend l'avoir faite, la révolution, quand elle avait dix-sept ans. Souvent, les mots sonnent faux dans sa bouche, ou dans celle de papa.

– Pour la fête, m'a-t-elle expliqué au sujet de sa révolution. Avoir le droit de faire l'amour avant de se marier.

Et le droit que je ne vienne pas au monde avant qu'elle l'ait décidé. Longtemps, j'ai cru qu'elle m'avait portée pendant dix ans dans son ventre en buvant du champagne et en lançant des confettis.

– Ce que tu peux être rétrograde ! me dit-elle toujours. Et papa ajoute, à chaque fois :

– Tous les enfants sont rétrogrades. D'affreux petits conservateurs.

– Je ne sais pas si c'est logique, mais ils sont tellement plus mûrs que nous au même âge, lui répond maman. Regarde ta fille, comme elle contemple le monde, comme elle pense à l'avenir. Je ne sais pas si on l'a trop gâtée ou pas assez…

Dans ces moments-là, je me retrouve sous les feux croisés de quatre yeux sombres et soupçonneux. Non, pas soupçonneux, mais curieux, un peu comme les yeux exorbités de la prof de biologie quand elle regarde dans le microscope.

J'ai des parents qui se posent beaucoup de questions à mon sujet.

Pour en finir avec cette histoire de révolution… non, j'y réfléchirai plus tard. Décidément, cela m'agace.

Pendant qu'on traversait le parking, ils ont continué à parler de Venise.

– Écoute, a fini par dire papa en soupirant. La mer, cette année, c'est pas mal. C'est ça que tu voulais, non ? La plage, l'eau tiède, ne rien faire, ne se soucier de personne, ne penser à rien…

Ils adorent l'idée de ne penser à rien, comme si d'habitude ils pensaient beaucoup. Je n'ai pas l'impression, mais on peut se tromper. Quant à se soucier de quelqu'un…

Maman m'a regardée, a toussoté, s'est

décrochée du cou de papa. On était au bas de l'escalier qui menait à la cafétéria et aux boutiques. L'air sentait le goudron, la frite, le chewing-gum. Il faisait chaud. Je pataugeais dans les papiers, les emballages. Les voitures sur l'autoroute faisaient un bruit assourdissant, incessant.

Un village, papa.

Je me suis retournée vers le parking bondé d'autos aux galeries croulant sous les valises, les vélos, les planches à voile. Les portières claquaient, les gens étaient rouges, moites et criards.

Mon regard s'est arrêté sur trois gros derrières moulés dans des shorts multicolores fluos, avec des jambes grasses et blanches en dessous, rien au-dessus.

Je veux dire que les gens étaient penchés vers l'intérieur de la voiture. Une auto garée près des marches de la cafétéria.

– Allons, descends, disait une voix d'homme. Viens manger le nonosse. Viens, mon bon gros…

– Je t'avais dit que ce serait toute une histoire, beuglait la femme à côté. C'était plus facile d'en finir à Montrouge.

– Pour qu'on le retrouve au retour?

– À quoi elle sert la S.P.A.? Ils l'auraient ramassé!

– Mais tu sais bien qu'ils les gardent un moment avant de les piquer. Quand ils essaient pas de retrouver les maîtres!

– Il aurait pu se faire attraper par ceux qui les vendent pour les expériences, a dit le gosse qui les accompagnait.

C'était un garçon de mon âge, à peu près. Il a continué:

– Dis, m'man, le prochain en septembre, on le prendra d'une autre couleur, O.K.?

– À poils courts, surtout! s'est exclamée la mère.

– C'est vrai qu'il pue, a marmonné l'homme.

– Tu ne crois pas qu'on allait lui payer un toilettage avant le départ!

– En tout cas, plus jamais de poils longs. Quand on pense, justement, à ce qu'ils nous ont coûté, ces nettoyages. Non! Attends... Je te parie que ce salaud va pisser sur la banquette !

– Pas la banquette ! a hurlé la femme. Les housses neuves !

Il s'est fait un silence attentif et tendu. La femme a été la première à se ressaisir. Apparemment, l'alerte était passée.

– Bon, il sort ce corniaud ? Ce que tu peux être timoré, a-t-elle fini par dire à son mari.

Elle s'est redressée. Son rimmel lui dégoulinait sur les joues. D'un pas martial, elle a foncé vers le coffre, l'a ouvert, a sorti une balle en plastique cabossée.

– Oh ! la baballe, la baballe !

Elle chantait.

Le garçon s'est mis à brailler lui aussi « la baballe, la baballe » et sa mère la lui a lancée. Il l'a relancée. Pour ne pas manquer la fête, le mari les a rejoints. La baballe. La baballe. Oh ! Qu'elle est jolie la baballe !

Ils ne me cachaient plus l'intérieur de la voiture. J'ai vu le chien, assis sur la banquette arrière où il avait eu bien tort de ne pas pisser. Un grand chien noir. À poils longs, c'était vrai.

Il a incliné la tête en regardant les autres jouer à la baballe ; ses oreilles se sont redressées.

L'idiot, ai-je pensé, il va marcher.

Il a couru, bondi hors de la voiture, pour essayer d'intercepter la baballe que se lançaient ses maîtres.

Et tous les trois riaient de voir le chien s'élancer dans des bonds pas croyables, des sauts drôlement périlleux, l'échine serpentine.

Puis le garçon a fait exprès de mal viser, son père a fait semblant de ne pas pouvoir saisir le tir feinté. La balle a filé entre les voitures garées, le chien aussi sec, à sa poursuite.

Les traîtres sont remontés en voiture en moins de temps que je n'en mets à l'écrire. Trois portes ont claqué, les vitres se sont relevées, le moteur a vrombi, les pneus ont crissé au démarrage.

Le chien venait de réapparaître entre deux autos, la truffe courant sur le goudron chaud à la recherche du jouet. Quand il a vu ses maîtres en voiture, il s'est arrêté net, les pattes écartées, avec un air de chien. Et quand l'auto est partie, il a aboyé, une seule fois. Ensuite, il a tourné sur lui-même en regardant par terre.

Je l'ai vu se faire tout plat comme une crêpe, se glisser sous un moteur. Il est ressorti aussitôt après, la balle dans la gueule. Alors, il s'est mis à courir à longues foulées derrière la voiture, la baballe bien serrée entre les dents. De là où j'étais, je ne voyais déjà plus ses maîtres.

Le chien cavalait.

Une voiture a pilé devant lui, puis une camionnette qui tirait une caravane a pilé à son tour derrière l'auto.

J'ai eu très peur mais j'ai revu le grand corps du chien qui s'allongeait dans la course. Pas en sang sur le bitume du parking.

Mercredi 1er août

Quand je me suis retournée vers les marches, il n'y avait plus personne devant l'entrée de la ville suspendue. Plus exactement, pas ceux que je cherchais.

J'imagine la tête qu'ont fait les parents du Petit Poucet ou ceux d'Hansel et Gretel quand ils ont vu revenir leurs enfants la première fois : la tête des gens quand ils ont faim, froid, et rien pour espérer qu'ils n'auront un jour plus faim ni froid.

Ce n'est pas la mine qu'ont eue les parents quand ils m'ont vue tout à coup à côté de la voiture. Maman est devenue rouge et a éclaté de rire.

– Coquine ! Où étais-tu passée ? On t'attendait.

Tu parles. Depuis l'escalier de la cafétéria, je les avais vus se faufiler entre les autos, pliés en douze pour ne pas se faire remarquer. Enfin, ne pas se faire remarquer de moi parce que je pouvais les repérer rien qu'en regardant les gens sur le parking qui baissaient la tête et avaient l'air de suivre un mouvement bizarre par terre.

J'avais fait le tour par l'autre côté, en courant, pour arriver la première. La bonne blague. Ils me reprochent toujours de manquer d'humour.

Sans un mot, je suis montée sur la banquette. Deux visages soucieux se sont encadrés dans la fenêtre ouverte.

– Tu as fait pipi, Lili ?

– Tu n'as pas faim, Lili ?

– Tu ne veux pas aller te chercher un gadget au magasin, là-bas, ou un disque ?

– Une cassette ?

– Un tee-shirt imprimé ?

– Une glace ?

– Un yaourt ?

– Des biscuits ?

– Un pot de pâté ?

La baballe, tant qu'ils y étaient.

Et maman a conclu :

– Oh, j'ai tellement soif, et j'ai oublié d'acheter une bouteille d'eau ! Tu ne veux pas… Lili… ?

J'ai secoué la tête et ne les ai plus regardés. Je me taisais. Mon cœur battait très vite. J'ai eu chaud sur la banquette et envie de pisser dessus, comme un chien qui a sourdement peur.

J'ai failli leur dire que la prochaine fois il faudrait en prendre une plus bête, née de la toute dernière pluie. Ce serait plus facile.

Jeudi 2 août

J'ai revu le chien.

Il est sale, et tout maigre et très fatigué.

Il est revenu aujourd'hui. Je l'aurais vu avant, sinon.

– Ça va ? Je lui ai demandé.

– Pas fort.

– Tu as faim ?

– Pas très.

– Tu as couru longtemps après eux ?

Il n'a pas paru étonné que je sache ce qui lui était arrivé. Ils sont comme ça, les chiens.

– J'ai perdu la baballe. Je l'ai lâchée, des tas de voitures sont passées. Je n'ai pas pu les suivre.

– Pourquoi tu es revenu ici ?

Il s'est secoué tout entier. Ses quatre pattes se sont écartées en glissant. Son ventre creux touchait presque par terre. Puis il a rassemblé toutes ses pattes, toutes les quatre, bien verticales, bien fières, et il a fait semblant d'avoir oublié ma question.

Je n'ai pas insisté.

J'avais envie de le caresser, de serrer son cou dans mes bras. Je n'ai pas osé, on se connaît à peine.

S'il reste un peu, je lui dirai que cela s'appelle une balle.

Vendredi 3 août

Lundi, je n'ai pas pissé sur la banquette.

Les parents se sont éloignés de la voiture où j'étais restée. Je pense qu'ils faisaient le point.

Je les ai regardés. Je n'entendais pas ce qu'ils disaient, mais maman avait son air chiffonné de quand elle va pleurer parce qu'elle trouve «la vie pas vivable et le monde innommable». Ce sont ses mots, chaque fois.

J'ai vu venir le moment où j'allais entendre papa hurler le mot magique:

– VENISE!

Maman se déchiffonnerait et n'aurait plus envie de pleurer.

Il y a deux ans, ils avaient un autre mot. Moins puissant que Venise; il fallait le répéter deux fois pour lui donner tout son effet : BORA-BORA.

Partis huit jours puis revenus, ils avaient « fait » Bora-Bora ; on n'en a plus entendu parler que les soirs de grand ennui où on sort les diapositives. Ils ont été obligés de changer de mot « car tout s'use et tout passe, même les plaisirs », explique papa.

Dans les W.-C. et sur la table basse devant le canapé pur cuir, les prospectus ont été remplacés. On est passé du plein soleil et des palmiers à la brume bleutée de la lagune et aux masques de carnaval.

Je ne leur ai pas dit qu'ils auraient dû en prendre une née de la dernière pluie. J'étouffais, je suis sortie de la voiture.

J'ai marché vers la cafétéria.

S'ils m'avaient dit quelque chose, j'aurais répondu que j'allais acheter une baballe.

Ils ne m'ont rien demandé. Je leur ai facilité les choses, je ne me suis pas retournée.

Je ne suis pas allée à Bora-Bora.

Je ne veux pas qu'on m'emmène à Venise.

En plus, je n'ai pas envie de pleurer.

Samedi 4 août

Il y a encore plus de monde sur le parking qui n'a pratiquement pas désempli depuis le début de la semaine. Les voitures tournent des heures à la recherche d'une place, et deux hommes tout à l'heure ont failli se battre pour prendre le seul coin avec les trois rayures d'ombre que donne le peuplier chétif sur l'herbe jaune.

Le chien et moi sommes restés assis toute la matinée près de la cabane à boissons et à hot-dogs, côté ombre. Le chien sommeillait, je lisais.

Solange m'a donné un livre, hier. Elle me donne tous les jours quelque chose. Son premier cadeau c'était ce cahier où j'écris. J'ai eu le stylo en même temps.

Au bout d'une heure que j'avais passée dans sa boutique, elle avait bien vu que ce n'étaient pas les bonbons qui m'intéressaient. Pas en priorité. Elle m'en a donné quand même.

Elle se fait du souci pour moi. Elle se sent responsable.

J'étais devant sa boutique le premier soir quand elle a éteint les lumières et baissé le rideau de fer.

Il était onze heures. 23 h 03 disait la pendule avec des chiffres formés de petits points rouges lumineux.

– Qu'est-ce que tu fais là, petite ?

J'ai eu envie de jouer à la sourde-muette comme on fait avec Sophie, juste pour rire de la tête des gens dans la rue. Mais j'étais fatiguée et je commençais à avoir faim. Il ne faisait pas moins chaud que dans la journée.

J'ai senti le moment où j'allais me chiffonner, mais je ne voulais pas qu'elle m'emmène quelque part, même si elle était grosse dans sa robe à fleurs et qu'elle avait les yeux gentils.

– Où sont tes parents ?

J'ai regardé autour de moi.

De l'autre côté du hall, derrière les grandes vitres grasses avec des treillis et des plantes en plastique, des tas de gens étaient attablés, en train de manger, avec des têtes jaunes ou vertes selon qu'ils se trouvaient plus ou moins près des néons de couleur. Du menton, j'ai désigné les tables.

– Ils sont au restaurant ?

J'ai hoché la tête.

– Toi, tu as fini de manger ?

J'ai fait signe que oui.

– Tu ne devrais pas te promener toute seule. C'est grand ici, tu risques de te perdre. Allez, file, va rejoindre tes parents. Ils vont s'inquiéter.

Je lui ai souri, en y mettant beaucoup de reconnaissance, et j'ai fait mine de partir vers le restaurant.

Quand elle m'a tourné le dos et s'est baissée pour verrouiller le rideau de fer, j'ai foncé dans les toilettes.

J'y suis restée un moment.

Chaque fois que quelqu'un entrait, j'appuyais sur le bouton de la machine à sécher les mains.

Cette nuit-là, la première, j'ai dormi par terre dans l'un des W.-C., le plus propre. J'ai été réveillée par une femme de ménage qui tapait dans les portes avec son balai-brosse. J'ai eu juste le temps de me lever, de tirer la chasse, et je suis sortie en souriant à la dame.

Maman dit que j'ai un sourire de petit démon et que je devrais le montrer plus souvent pour que la vie soit plus agréable à la maison.

J'arrête d'écrire. Le chien vient de se réveiller. Il faut qu'on aille chercher à manger.

Samedi, le soir

Solange ne croit pas que mes parents mangent depuis six jours au restaurant ; elle suppose seulement que mon père ou ma mère travaille au self et qu'on m'amène ici toute la journée parce qu'on n'a pas trouvé de grand-mère chez qui me déposer.

C'est vrai qu'on n'a pas trouvé de grand-mère. Je ne la contredis pas. Elle aurait de la peine, se ferait encore plus de souci.

Elle pense que mes parents me négligent. Alors, elle fait ce qu'elle peut. Chaque jour, elle me donne quelque chose. Il faudra bientôt que je lui demande une valise pour ranger sa multitude de cadeaux. En attendant, je les cache dans un sac poubelle que j'ai emprunté à une femme de service, dans le cagibi à balais. Je change souvent le sac de cachette pour que personne ne le remarque. On en profiterait pour fouiller dans mes affaires.

À midi, Solange m'attend dans sa boutique. J'arrive, je lui dis bonjour, on discute, puis elle me demande ce qu'il y a au menu, à la cafétéria. C'est toujours les mêmes plats mais elle espère chaque fois qu'il y aura du changement. Solange pense que l'espoir fait vivre. Et comme elle est gourmande, son espoir habite entre sa langue et son palais. Elle a décidé que, mon père ou ma mère travaillant en cuisine, je sais ce qui s'y mijote. Je ne la détrompe pas.

Aussi, à onze heures et demie, je suis à la cuisine. Je soulève les couvercles, je cherche ce qui sent un peu bon.

Persuadés que je viens à la demande de Solange, ils se sont vite habitués à moi, là-bas, dans la fournaise grasse. Maintenant ils me sourient, plaisantent, m'appellent «la chef», «l'inspectrice» ou «la goûteuse».

Et tous de me mettre quelques bouchées de chaque plat dans une assiette. Je goûte à tout, je dis que c'est bon ou pas. Mais je précise que cela m'a mise en appétit. Quelqu'un dit: «C'est une bonne maladie», et on me ressert du plat que j'ai préféré.

Quand je n'ai rien trouvé de succulent, on jette un bifteck sur la plaque argentée et fumante. Un aller-retour puis on me dépose le steak sur une grande assiette avec plein de frites.

Je vais m'installer à une table dans la salle à manger. Le chien m'a attendue. Les jours d'affluence, il me garde une place. On partage le steak-frites ou autre chose.

Mais je m'aperçois que je raconte des tas de choses inintéressantes. D'ailleurs, je suis fatiguée.

Lundi 6 août

J'ai passé un dimanche affreux.

Mardi 7 août

Je ne sais pas pourquoi j'ai arrêté de raconter ce que j'écrivais avant-avant-hier.

Le chien aime les viandes en sauce.

Mais dans ces cas-là on fait plein de saletés tous les deux et je rougis jusqu'à ce qu'il ait bien léché l'assiette que je lui dépose par terre pendant qu'Armelle a le dos tourné.

Armelle débarrasse les plateaux des tables et passe le chiffon pour faire tomber les miettes. À midi. Le soir, c'est Claudine. Ce qui nous permet au chien et à moi de revenir dîner sans passer pour des goinfres.

Le chien mange comme un ours. Il est moins maigre que le jour où il est revenu de son marathon sur l'autoroute.

Il m'a demandé de le laver si je jugeais

qu'il sentait trop mauvais. Je ne trouvais pas mais je l'ai deviné un peu coquet.

J'ai profité du tourniquet qui arrose le petit carré de pelouse au bord du parking pour lui faire un shampooing. Je me suis retrouvée savonnée moi aussi de la tête aux pieds. C'était très bien.

Après je me suis changée. J'ai mis la robe que Solange m'a apportée hier. Trop petite pour sa fille, a-t-elle dit ; elle préférait me la donner plutôt qu'à sa nièce qu'elle n'aime pas beaucoup. Mais j'ai bien vu que les culottes Petit Bateau ajoutées au paquet n'avaient appartenu à personne avant. Sur l'une d'elles, Solange avait oublié le fil plastique qui tient l'étiquette.

Quand j'ai mis la robe, Solange m'a dit de lui donner mon pantalon et ma chemise, sous prétexte que l'un était déchiré et que le bouton de l'autre s'apprêtait à tomber.

Le lendemain, ils étaient propres, et repassés et recousus, et à l'odeur de lavande.

Demain, je continuerai à raconter comment est la vie ici, dans le détail, parce que tout se passe très bien. Ici. Je suis là depuis neuf jours. Neuf jours demain matin à dix heures.

Tout va bien.

Mercredi 8 août

Il y a eu un gros orage cette nuit. Le chien et moi avons dû rentrer dormir à l'intérieur. D'habitude, on reste dehors, pour ne plus entendre la musique qui ne s'arrête jamais. On préfère encore le bruit des autos.

Et le chien me tient chaud.

Moi aussi, je crois que je lui tiens chaud, trop chaud, mais il reste quand même.

Dans la lumière électrique, les gens étaient très laids, incroyablement laids. Le chien et moi étions cachés contre une cloison, derrière des bacs de plantes en plastique. On n'a pas beaucoup dormi et aujourd'hui on n'arrête pas de somnoler.

Comme dimanche, il y a un type qui s'est penché vers moi et qui a commencé :

– Il a l'air gentil, ton chien.

Et de tendre la main vers le museau du chien pour me montrer que le chien est vraiment gentil, et lui aussi, et moi aussi sûrement.

Exactement comme dimanche, c'est pas croyable !

Pourtant, ce n'était pas le même type. Celui-là était plus jeune.

Le chien, lui aussi comme dimanche, a donné un coup de dents, un claquement de mâchoires dans le vide, juste pour faire comprendre à l'autre qu'il s'était trompé de rayon. Qu'ici on n'était pas chez les gentils.

– Mais c'est qu'il serait méchant ! a fait le type.

Ils avaient dû apprendre les phrases par cœur avec l'autre de dimanche.

Alors, moi, je me suis mise au diapason et je lui ai répondu :

– Oui, justement, dimanche il a mangé un bonhomme. Un plus gros que vous.

Le type a eu un sourire de papa compréhensif, ne s'est plus occupé du chien qui lui non plus ne s'occupait plus de lui.

– Parce que tu étais déjà ici dimanche? m'a-t-il demandé.

– Évidemment, j'ai dit. Mes parents travaillent au relais.

Je m'étais mis deux parents au travail, c'était plus sûr. Heureusement que j'ai cette histoire toute prête, chaque fois qu'on m'embête. Le type s'est relevé (il s'était accroupi pour me faire la conversation), et a regardé autour de lui avec un sourire plat.

– Ah, bon, bon, ben c'est bien. C'est bien, bon, ben… ben…

Et il n'était plus là.

Tout comme dimanche. La prochaine fois, le prochain type, je lui demande s'il est perdu et s'il veut que j'appelle la police.

Jeudi 9 août

À la cuisine, ils me prennent pour la fille ou la nièce de Solange, puisque je viens chercher son plateau chaque midi. Je crie à la caissière : « Pour Solange ! » À ce moment-là, j'ai déjà mangé, mais je découvre toujours sur le plateau une crème ou une glace, ou une tarte ou une mousse qui n'est pas pour Solange ; elle se prive de dessert dans l'espoir de maigrir. Quelqu'un de la cuisine a déposé la friandise que la caissière prend soin de ne jamais ajouter au compte de Solange. J'ai vérifié, car les deux premiers jours j'étais ennuyée de me faire offrir un dessert par celle qui me couvre déjà de cadeaux, et même si cela me permet de lui tenir compagnie pendant son déjeuner.

Le chien n'aime pas les desserts. S'il a encore un creux après le repas, il va se planter au snack qui est dehors et attend qu'un môme fasse tomber sa saucisse. Cela ne manque jamais. L'enfant veut toujours ramasser son bien, mais une grande personne dit : « Laisse, c'est sale ! » et tout le monde est content de voir le chien se jeter dessus.

Parce qu'on n'aime pas le gaspillage. Pour l'éviter, il y a la charité, qu'on a peut-être inventée exprès.

C'est à cause de la charité que j'ai reçu ma première gifle.

C'était un peu après le grand tremblement de terre en Arménie.

Maman avait vu des reportages, des flots d'images à la télé ; elle était bouleversée. Alors, voulant aider les victimes du séisme, elle a commencé à fouiller l'appartement pour trouver quelque chose à leur donner. Elle y a passé un samedi après-midi entier.

Quand papa est rentré de sa séance de musculation, il a à peine pu ouvrir la porte d'entrée tellement le couloir était plein de ce qu'avait trouvé maman pour les Arméniens.

Il y avait là :

– Ses habits démodés ou qui ne lui allaient plus, ou qui ne lui plaisaient plus ;

– l'ancienne batterie de cuisine en fer blanc, cabossée et avec les trois quarts des casseroles qui n'avaient plus de queue ;

– les valises en toile aux coins déchirés ;

– mes vieux jouets ;

– les jeux de société dont on ne pouvait plus se servir parce qu'il manquait des pièces ou des cartes ;

– les assiettes dépareillées ;

– les chaussettes de papa aux élastiques distendus ;

– ses vieilles cravates ;

– son blouson râpé qui n'a plus de doublure ;

– une bouteille d'eau de Cologne éventée ;

– de vieux gants à pompons au bout ;

– encore des pompons, mais ceux-là rose-bonbon, et pour les oreilles l'hiver (ça, maman était contente car il fait drôlement froid en Arménie) ;

– ma couverture de lit de bébé tellement élimée qu'on voit au travers.

Et beaucoup d'autres choses dont je ne me souviens plus. Si, il y avait encore une bouteille avec un fond de mercurochrome et deux rouleaux de sparadrap qui ne collaient plus (il paraît qu'ils ont eu beaucoup de blessés pendant le tremblement de terre).

– On va appeler S.O.S. Arménie, qu'ils viennent chercher ça, a expliqué maman en voyant l'air ébahi de papa.

– Ah… a-t-il répondu. C'est sûrement une bonne idée.

Moi, tout à coup, j'ai dit :

– Autant appeler la décharge. C'est pas des dons mais une grande poubelle. Tu donnes seulement ce qui est à jeter. Et le sparadrap, ce n'est pas ce qu'il faut si les gens se sont fait écraser sous les maisons !

Je me suis pris illico une gifle de maman, qui ensuite est allée s'enfermer dans sa chambre.

J'étais stupéfaite, je retenais mes larmes.

Papa m'a emmenée au salon, m'a fait

asseoir sur le divan. Là, il a pris l'air soucieux et grave pour m'expliquer que maman était sûrement très fatiguée après ses rangements et que c'était toujours bien de donner ce qu'on avait.

– Ce qu'on a en trop et qu'on a depuis longtemps envie de mettre à la poubelle ? ai-je demandé.

– C'est tout à l'honneur de ta mère de ne pas l'avoir jeté puisque cela peut servir à d'autres.

– La plupart de ces choses, on ne peut même plus s'en servir.

Je n'ai pas continué. Ma voix tremblait trop.

Le lendemain matin, dimanche, quand je me suis levée, maman chantait dans le couloir en faisant les paquets. Elle était descendue au supermarché, ouvert le dimanche matin, chercher des cartons pour ranger ses dons.

Il y en avait deux piles, deux colonnes hautes jusqu'au plafond.

Il a fallu attendre jusqu'au mercredi soir pour que deux messieurs de l'antenne S.O.S.

Arménie du quartier viennent enfin les chercher.

– Ils ne sont pas pressés, s'énervait maman. Quand je pense qu'ils nous bassinent avec leur situation d'urgence.

Et je la voyais faire une tête de plus en plus sinistre chaque fois qu'elle passait dans le couloir encombré.

Donc, ils sont arrivés. La situation était effectivement « d'urgence », mais ils ont gentiment expliqué à maman qu'ils avaient eu beaucoup à faire ces jours-ci, et qu'elle n'était pas la seule à vouloir participer à l'effort international.

En entendant ces mots, « effort international », maman a rosi de plaisir confus et a dit que ce n'était pas grave qu'ils lui aient laissé son couloir encombré puisqu'elle avait encore la chance d'avoir un toit !

Bref, tout allait « pour le mieux dans le meilleur des mondes… possibles ». Mon grand-père citait toujours cette phrase. Il disait que c'était Voltaire qui l'avait écrite, que c'était ironique.

Maintenant, grand-père n'est plus là, et rien ne va plus dans le meilleur des mondes… possibles.

Bref (bis), quand les deux types de S.O.S. Arménie ont vu les deux piles de cartons, ils ont demandé :

– Qu'est-ce que c'est ?

– Des tas de choses, a répondu maman. Des vêtements chauds, de la vaisselle, des médicaments, de la nourriture.

Elle avait aussi trouvé au fond du placard de la cuisine une dizaine de boîtes de conserve (pâtés, fruits au sirop, épinards) ; le genre de réserves qu'on achète régulièrement pour le soir où on n'aura rien prévu à dîner, pour le « dépannage ». Seulement, on trouve toujours mieux. Surtout chez nous depuis qu'il y a le congélateur bourré de choses autrement plus appétissantes que les boîtes de pâté.

Quand les messieurs avaient sonné, je m'étais cachée dans la salle de bains en laissant entrebâillée la porte qui donne sur le couloir, aussi je ne perdais rien de la conversation.

Quand j'ai entendu maman transformer

son fatras en « vêtements chauds » et « médicaments », j'ai failli crier que ce n'était pas vrai.

En tout cas, les deux types avaient dû apprendre à se méfier depuis une dizaine de jours qu'ils récoltaient les dons des gens de cœur.

– On peut voir ? a demandé l'un d'eux.

La voix de maman a monté de trois tons dans l'aigu.

– Alors, j'ai tout emballé… proprement, par catégories, pour que vous le défassiez ? Vous le ferez chez vous !

Ils ont insisté.

Dans la salle de bains, je devais mettre les mains sur ma bouche pour étouffer mon rire.

Au bout de trois cartons, les deux messieurs n'ont pas fait de commentaire, mais il y a eu un long silence dans le couloir.

– Vous ne préférez pas nous faire un chèque ? a demandé l'homme, toujours le même, celui qui parlait.

– Ah ! L'argent ! a rétorqué maman d'un ton pincé. C'est tout ce qui compte ? Et les qualités de cœur ?…

Elle n'a pas continué. Je ne sais pas si elle s'est arrêtée d'elle-même ou s'ils lui ont fait signe que ce n'était pas la peine.

Alors, celui dont je n'avais pas encore entendu la voix a ajouté, calmement :

– Même un petit chèque. Ce que vous pouvez donner. Cinquante francs...

Après, je n'ose pas dire comment maman les a renvoyés à leur « collecte » comme elle a dit. Je n'ai plus entendu leurs voix ; la porte s'est sèchement refermée sur eux.

Et là, j'ai eu honte.

Les cartons sont restés un mois dans le couloir. Pourtant, avec l'approche de Noël, maman avait assuré qu'il y aurait bien un organisme humanitaire pour venir les chercher.

Elle passait des tas de coups de fil. Elle a tout essayé : le tiers-monde, le quart-monde (« on a aussi des pauvres, nous » s'est-elle souvenue), le meilleur des mondes aussi, sûrement, et d'autres encore. Personne n'a eu le temps de venir ; elle en a eu assez.

Un matin très tôt, c'est un « débarrasseur » qui a fini par sonner à la porte.

Après avoir jeté un coup d'œil dans les cartons, il a demandé mille francs à maman.

– Comprenez, y'a rien à garder dans ce fatras. Tout est bon pour la décharge. Et moi, la décharge, je paye pour y jeter ces saloperies.

Maman lui a fait son chèque.

– Tu aurais pu le faire pour l'Arménie, ton chèque. Même cinquante francs, ils auraient trouvé ça bien… lui ai-je dit, après.

– Je leur aurais donné un million qu'ils ne m'auraient même pas enlevé les cartons !

Quand papa lui a demandé comment les cartons avaient fini par disparaître, elle a conclu :

– Fini la charité.

Elle était dégoûtée mais finalement, a-t-elle ajouté, elle ne regrettait pas d'avoir payé mille francs pour découvrir qu'il n'y avait plus moyen de rendre service.

N'empêche que le soir de Noël, quand la dame du dessous, complètement ivre, est montée chez nous, parce que son bonhomme, saoul lui aussi, l'avait fichue dehors, maman lui a dit qu'on ne pouvait pas la garder : on avait déjà toute la famille à la maison, mes trois cousins restaient coucher et l'appartement était franchement trop petit. Elle lui a signalé le foyer d'accueil, trois rues plus loin.

– Elle pue, a lâché maman quand la voisine est repartie.

Maman comprend mieux ce qu'elle voit à la télévision que ce qu'elle voit dans la vraie vie.

C'est que l'écran ne laisse pas passer les odeurs.

Cette dame, on ne l'avait encore jamais vue, seulement entendue. Parfois, elle et son mari crient, se disputent puis on ne perçoit plus rien que des coups sourds et des plaintes étouffées.

Papa ou maman leur téléphonent pour qu'ils fassent moins de bruit ; on n'est pas venu habiter « dans un immeuble d'un certain standing pour supporter ça ! ».

Ce soir de Noël, j'ai encore vomi, et

maman m'a grondée : j'avais sûrement mangé trop de chocolats.

Je ne sais pas si j'aurais voulu que la voisine reste chez nous. C'est vrai, elle sentait fort le vin. Ses yeux se fixaient sur les choses et les gens sans les voir ; ils n'ont pas un instant été attirés par le sapin qui brillait.

Je crois qu'à tous elle nous a fait un peu peur, comme si elle menaçait... Comme si elle menaçait quoi ?

De quoi est-ce que je parlais déjà, avant toutes ces histoires ?

Ah oui, le chien et les hot-dogs.

Le chien, je l'ai dit, croque les saucisses que font tomber les enfants. Elles sont sales et les parents interdisent de les ramasser.

En plus d'être maladroits et obéissants, m'a expliqué le chien, les enfants ont l'avantage de ne pas mettre de moutarde dans leurs hot-dogs. Il veut bien manger un « chien chaud », parce qu'il sait que c'est juste un nom idiot donné à un morceau de pain farci d'une saucisse, mais il n'aime pas la moutarde.

Lundi 13 août après-midi

Je n'ai rien écrit depuis jeudi dans mon cahier. J'en avais assez de raconter les souvenirs qui me reviennent de la vie avec les parents. J'aimerais des souvenirs qui font chaud au cœur, qui donnent des regrets.

Ces moments-là, quand je me les rappelle, peuvent me faire pleurer, mais pas de regret.

Dimanche, il s'est encore passé quelque chose de désagréable. J'ai égaré mon sac plastique où je garde toutes mes affaires. En fait, je ne sais pas si je l'ai perdu, si j'ai oublié la cachette où je l'avais mis, ou si quelqu'un l'a découvert et déplacé. Bref, au lieu de le retrouver dans le troisième bac à fleurs plastiques de la cafétéria, je l'ai récupéré dans les lavabos, perché en équilibre sur la cloison qui sépare deux W.-C.

Ce qui m'inquiète beaucoup, c'est que cela ne peut pas être une blague du chien. Il aurait pu prendre le sac dans le bac à fausses fleurs mais pas le poser en haut de la cloison.

Il affirme n'avoir vu personne avec mon sac plastique. À l'avenir, il faudra que je fasse très attention.

Toujours est-il qu'après l'avoir retrouvé j'ai relu tout mon journal. Je me suis demandé ce que penserait la personne qui tomberait dessus par hasard.

C'est alors que je me suis aperçue que je ne racontais que des choses assez moches sur mes parents. Je ne sais pas ce qui m'a pris ; j'ai avec eux beaucoup de souvenirs très agréables, même des souvenirs doux.

Pour être juste, je dois les raconter aussi. Seulement, je ne sais par où commencer. J'y réfléchirai. Et puisque je suis à peu près à la moitié du cahier et à la moitié de mes vacances, la seconde partie de mon journal sera toute pour dire comment mes parents m'aiment et comment je les aime. Je dois réfléchir pour ne plus écrire n'importe quoi.

Lundi 13 août encore, le soir

Mon deuxième dimanche au relais a été presque aussi affreux que le premier.

Solange ne travaille pas le dimanche, sauf, m'a-t-elle expliqué, les dimanches de très grande affluence. Par exemple, elle avait ouvert sa boutique le dimanche 29 juillet, la veille de mon arrivée.

En un sens, je préfère que Solange ne vienne pas ce jour-là. Elle serait étonnée de me voir.

Samedi soir, donc mon deuxième samedi, elle me posait des tas de questions. Solange n'est jamais indiscrète, c'est la raison pour laquelle elle a mis si longtemps à chercher à en savoir un peu plus sur moi.

J'ai fini par lui dire que c'était mon père qui travaillait à la cuisine. Au cas où elle aurait eu envie d'aller faire sa connaissance, j'ai ajouté qu'il était étranger et ne comprenait que le serbo-croate. J'étais certaine qu'elle ne connaissait pas le serbo-croate.

J'ai dit aussi qu'il avait des problèmes et qu'il préférait qu'on ne vienne pas lui parler de moi. Je l'encombrais. Maman, qui est française, m'a laissée chez lui le 31 juillet pour partir à Venise.

En m'écoutant, Solange avait des larmes plein les yeux.

J'étais embêtée et j'avais honte.

Pour la consoler, j'ai ajouté que mon père était lui aussi en congé le dimanche, qu'il allait m'emmener en promenade toute la journée, et au restaurant, ensuite au cinéma, puis encore au restaurant et encore au cinéma ; que j'avais un père très gentil malgré ses soucis, que je ne le connaissais pas bien parce qu'il n'avait jamais habité avec maman et moi, mais que, finalement, on se débrouillait, qu'on mangeait ici, qu'on dormait chez lui, en ville, où j'avais un lit à moi sur le canapé, que le seul problème était qu'il n'avait pas de machine à laver, que c'était pour ça qu'elle était drôlement gentille de m'avoir rendu mon linge propre et recousu. J'ai donné ce détail pour faire vrai et aussi pour que Solange continue à s'occuper de mes habits.

Solange n'a plus pleuré et m'a écrasée contre sa grosse poitrine en me disant que j'étais une adorable petite fille, que mon papa ne connaissait pas sa chance et que j'avais bien mérité de passer un beau dimanche.

Lundi soir, plus tard, la nuit

Pardon, Solange.

J'ai toujours habité avec un père ET une mère. Ils ont du travail, de l'argent suffisamment, des amis, des congés, des idées. Ils parlent français, ont une machine à laver à puce, et même une dame qui vient faire le ménage et le repassage. Ils partent un mois en vacances l'été et une semaine l'hiver. Le 31 décembre, maman lève son verre à des treizième et quatorzième mois qui n'existent pas mais qu'on lui a payés, au temps qui passe mais sans faire trop de mal. Papa lui offre un sac ou un parfum. Ils aiment les fêtes et les voyages à l'étranger.

Ils sont contents d'avoir un enfant car il restera ainsi une trace de leur passage sur terre, comme un morceau d'éternité.

Voilà quelque chose de gentil que je peux dire sur eux.

Pardon, Solange.

Veux-tu m'adopter ?

Mardi 14 août

Je dois dire autre chose sur mes parents. Ils ne m'ont jamais battue. Je sais qu'il y a des enfants battus, martyrisés, torturés. Moi, au pire j'ai reçu une gifle.

En fait, cette année, les parents ont juste eu des problèmes, des « contretemps », pour la préparation des vacances.

Ils se sont retrouvés à la dernière minute en train de courir partout pour trouver une location.

Au bout du compte, ils ont décroché un studio minuscule au bord de la Méditerranée, dans une ville-nouvelle-champignon. Une seule pièce, douze mètres carrés, et pour la vue sur la mer, ce serait l'année prochaine. Et encore, ils n'ont obtenu le logement que parce que « quelqu'un s'est désisté au dernier moment… Sûrement un truc affreux !» pleurnichait maman.

Papa la consolait :

– Qu'est-ce que ça peut faire ? Tu seras sur la plage toute la journée !

– Et le soir ?

– Le soir, on sortira.

– Et la petite ? demandait maman.

J'ai vite deviné que la solution «lit d'appoint» proposée par le contrat de location ne leur convenait qu'à moitié.

Ils étaient à bout, épuisés par leur année. Au cas où je ne l'aurais pas bien compris, on me le faisait savoir tous les jours. Ils avaient «besoin de se retrouver, réapprendre à s'aimer» et un tas de choses obscures auxquelles je prêtais de moins en moins l'oreille à mesure qu'il devenait évident que ma présence serait gênante.

Les griefs s'amoncelaient. Je filais doux.

Un soir, j'ai eu une idée.

Je n'avais pas ouvert la bouche depuis deux jours. On était en juillet. Je restais à la maison une grande partie de la journée ou bien j'allais me promener. J'achetais à manger pour le soir, je lisais, j'écrivais à Sophie et à Jean. Je devenais «une très grande fille plutôt sage». «La perspective d'entrer en quatrième avec un an d'avance», affirmait papa. Maman me laissait plein d'argent le matin pour m'acheter des livres, des bonbons et payer l'entrée de la piscine.

Donc, un soir j'ai dit:

– Et la colo?

Les parents se sont regardés. On était le 22 juillet.

Le lendemain, maman est revenue du bureau avec des yeux battus.

– Trop tard, a-t-elle annoncé à papa qui était rentré plus tôt et avait couru lui ouvrir en entendant l'ascenseur. J'ai passé cinquante coups de fil! Obtus, tous ces organismes. Un enfant de plus, qu'est-ce que ça peut leur faire?

– C'est tout eux, ça, a dit papa.

Il venait de me brosser le portrait doré de la colonie où j'allais passer de merveilleuses vacances, un merveilleux mois d'août. «Sans tes parents ! Plein de copains ! Des monos rigolos ! » J'en avais les oreilles qui débordaient.

Il a ajouté :

– Avec le prix qu'on était prêt à payer !

– Et pas de désistement en vue, a murmuré maman.

– Évidemment. Même un gosse malade, les parents sont trop contents de s'en déba...

Il m'a regardée, furtivement, il a pâli.

– Je veux dire... Ils sont trop contents de le faire profiter du bon air, de lui offrir l'occasion de fréquenter une collectivité...

Je n'ai rien dit. Sophie savait depuis le mois de mars qu'elle irait en colonie cet été.

On m'a fait savoir que j'aurais pu avoir cette idée plus tôt et que c'était bien la première fois que j'exprimais le désir de partir sans eux en vacances.

« Exprimer le désir », c'est l'une des expressions favorites de maman.

Solange, tout est très bien ici, surtout grâce à toi. Mais je passe des dimanches horribles, encore plus horribles qu'à la maison. Enfin, normalement, il n'y en a plus qu'un, et pas avant cinq jours.

Dimanche prochain, je verrai.

Je me mettrai dans mon coin, avec le chien, et je ne bougerai pas. Le chien ne posera pas de questions mais je m'arrangerai pour qu'il reste avec moi.

Quand il est rentré de sa promenade dans les champs, le premier dimanche, je crois qu'il avait un peu honte de m'avoir laissée seule l'après-midi entier. Il m'a tendu une patte timide. Je l'ai pris dans mes bras et j'ai pleuré jusqu'à m'endormir. On a encore passé la nuit dehors, je préfère. Ce soir-là, je ne voulais surtout pas retourner à l'intérieur où des gens m'avaient embêtée. Comme par un fait exprès parce que Solange n'était pas là pour veiller, même de loin, sur moi.

À l'intérieur, ça sent mauvais, le plastique vieux, l'eau de javel et la crème solaire. Dehors, ça sent l'essence, les gaz d'échappement, les vieilles frites qui se décomposent dans les coins.

Ici, les odeurs sont toujours les mêmes. Et tellement fortes que même l'herbe arrosée ne sent plus rien, ou alors les litres de pipi de chien que la pluie n'est pas venue chasser, délayer.

Pardon, le chien.

Mercredi 15 août

Solange, je suis ici en colonie de vacances. La carte que tu m'as donnée ce matin, qui représente le relais autoroute, je l'ai envoyée aux parents à notre adresse. J'ai écrit :

Souvenir de l'autoroute
où je passe
de merveilleuses vacances.
Votre Lili chérie.

Il y a même une boîte aux lettres dans le village suspendu au-dessus du bitume.

Et des cabines téléphoniques. On n'est pas coupé du monde, faut pas croire. On est au beau milieu du monde.

Jeudi 16 août

Tout à l'heure, le chien était assis sur le talus herbu qui dévale jusque sur l'autoroute. Ses oreilles remuaient malgré lui, s'aplatissaient, se dressaient, agitées d'un frémissement incessant.

Puis, il s'est mis à gémir, à danser d'une patte sur l'autre, sans soulever son arrière-train qui tremblait lui aussi. On aurait dit qu'il allait bondir, se mettre à courir comme un dératé pour traverser les huit voies d'autoroute.

Il ne savait pas que j'étais tout près derrière lui, que je le voyais.

S'il l'avait su, il n'aurait pas osé trembler, tendre ses oreilles douces, et attendre. Il n'aurait pas gémi comme il le fait parfois, la nuit, quand (quelques minutes seulement) tout bruit se tait, par hasard. Plus aucune voiture ne passe, plus personne ne bouge, même à la station-service où plus une pompe ne ronronne.

Ce silence me réveille. Ce sont les seuls instants de vraie nuit, pas vraiment nuit car les grands lampadaires orange ne s'éteignent qu'à l'aube, et les néons blancs de la station projettent une tache blafarde sur le parking.

C'est dans ces moments que le chien me quitte pour aller crier. Je vais le chercher.

Il bondit sur moi, me lèche, et se met à courir pour que je l'attrape. Nous courons souvent, la nuit, sur le parking, sur les pelouses avares, autour des camions aux cabines noires, endormies.

Jamais un passant ne nous demande quoi que ce soit. Ne sommes-nous pas en voyage, comme lui ?

Après ces courses, le chien est apaisé. Il veut bien qu'on se recouche et je me pelotonne à nouveau contre sa douceur chaude, la tête sur son flanc palpitant.

Alors tout à l'heure, je l'ai appelé. Je

n'aime pas qu'il ait mal, que ses yeux bruns se fassent ternes, ou trop brillants comme s'il pleurait.

J'ai crié: «Le chien!» trois fois avant qu'il accepte de m'entendre. Il a fini par tourner la tête mais n'a pas bougé. C'est moi qui suis venue m'asseoir à côté de lui sur le talus.

– Quel jour sommes-nous? m'a-t-il demandé.

– Le 16.

Je me suis tue, mais, après un silence, je n'ai pas pu m'empêcher d'ajouter:

– De toute façon, il est beaucoup trop tôt. On est seulement au milieu du mois.

Je m'en suis voulu d'avoir été brutale, et j'ai posé la main sur son col, son cou rude et musclé où les poils font des nœuds. J'avais honte des questions que j'avais envie de lui poser. Je les tournais en tous sens dans ma tête pour qu'elles ne soient pas blessantes.

– Tu voudrais rentrer avec eux?

Il a fait mine de hausser ses épaules de chien, a tourné sa truffe vers le vent. Ses narines noires, fraîches, luisantes, frémissaient.

Puis, comme si je n'avais pas compris, il a dit :

– Je suis un chien.

Je n'ai pas discuté. Est-ce qu'être chien c'est une raison ?

Comme je ne voulais pas qu'il ait de la peine, qu'on ait tous les deux une longue journée de chagrin à tirer sous le soleil trop chaud, j'ai proposé qu'on aille voir le lendemain de l'autre côté, en passant par le restaurant et les boutiques suspendues.

Le chien m'a regardée avec ses bons yeux de chien. Il aime que je lui dise ce qu'on fera l'après-midi ou le jour suivant. Il suffit d'une toute petite chose pour qu'il ne se plante pas sur le talus à gémir et tendre l'oreille plus loin que les bruits du monde.

Vendredi 17 août

Tôt, le matin.

Avec les pièces de monnaie que j'ai trouvées par terre depuis le début de la semaine, j'ai pu m'offrir un chocolat à la machine automatique ; en plus, j'ai acheté un croissant au chien.

Tout allait donc très bien.

Je n'aurais pas dû aller dire bonjour à Solange quand elle est arrivée pour soulever son rideau de fer.

Solange vient de m'apprendre que personne parmi les gens qui travaillent à la cuisine du restaurant ne parle le serbo-croate.

J'ai senti la figure qui me brûlait toute et je me suis sauvée.

C'était une blague, Solange. J'ai dit « serbo-croate » pour qu'il soit un vrai étranger, un étranger de loin, un vrai. Deux Vietnamiens et un Arabe travaillent en cuisine, mais tu ne m'aurais pas crue.

Samedi 18 août

Je n'ai pas vu Solange depuis hier matin.

J'avais une bonne raison puisque le chien et moi étions partis en expédition de l'autre côté de l'autoroute.

Le chien a été très déçu, évidemment.

L'autre côté est exactement pareil à celui-ci. Il faut d'ailleurs faire très attention à ne pas se tromper. Le nord et le sud, la droite et la gauche, tout est chamboulé. Il n'y a guère que le haut et le bas pour rester à leur place. Pour retrouver le côté d'où on est venu, il faut d'abord se souvenir de quel côté se trouvaient les parois de verre quand on est arrivé. Ensuite, on reprend le couloir suspendu dans l'autre sens. C'est compliqué.

Inutile de compter sur la plantation des arbres, des pompes à essence et des jeux sur chaque parking: pareil, de chaque côté. Un miroir.

Heureusement, il y a les figures des gens pour reconnaître le côté auquel on appartient. Et encore, tout dépend des gens. D'ailleurs, Solange n'existerait pas, qu'importerait le côté. Je serais aussi bien côté route du nord que route du sud.

Bon. Mais Solange, je la reconnaîtrais sans problème n'importe où.

Par contre, la fille du tabac a une choucroute blonde sur la tête exactement comme la fille de l'autre tabac de l'autre côté. Et exactement comme la fille qui sourit bêtement sur la couverture des journaux de télévision cette semaine. Celle-là ne bouge pas et elle est en papier glacé, c'est son signe distinctif.

Les odeurs aussi sont les mêmes. Sauf que j'ai pu me rendre compte que le ménage est moins bien fait de l'autre côté. On trouve des mégots et des papiers sous les sièges en plastique poisseux, sur la tablette des cabines téléphoniques. De mon côté, jamais pendant plus d'une heure.

Mme Simao a l'air d'être là jour et nuit à traquer le détritus. Elle ne prononce jamais un mot, me regarde d'un air soupçonneux mais pas méchant. Je n'ai pas peur qu'elle me prenne un jour pour un détritus.

Quand on passe près d'elle, le chien et moi, elle fixe les pattes du chien pour voir si elles laissent des traces. Alors, le chien baisse les oreilles, creuse l'échine et se met à danser en marchant, comme un cheval de cirque. Il soulève bien haut et bien vite les pattes comme s'il espérait que l'humidité et le peu de boue rapportées du dehors n'aient pas le temps de se déposer par terre. Il a de la chance, il n'est plus tombé une goutte depuis dix jours.

De toute façon, le carrelage est toujours tellement sale que Mme Simao, quand elle finit un carré, doit revenir au carré qu'elle a nettoyé un quart d'heure plus tôt. Je crois que Mme Simao n'aura jamais le temps d'aller à Venise.

Aujourd'hui, le chien a essayé de m'emmener à nouveau de l'autre côté. J'ai dit non.

Je pense qu'il aimerait s'y installer. Maintenant, il me demande tous les jours la date, bientôt ce sera l'heure. Je n'ai pas de montre. Il n'a qu'à regarder la pendule. Il m'a tellement agacée ce matin que je me suis mise en colère.

– Pourquoi veux-tu aller de l'autre côté ?

Il m'a regardée de haut, comme si j'avais posé la question la plus idiote du monde.

– Parce que je suis intelligent.

Il s'est tu un instant ; sans doute espérait-il que j'allais le questionner.

– Je suis intelligent, a-t-il répété. Ils penseront peut-être que je les ai attendus, mais ils seront persuadés que je les attends à la place exacte où ils m'ont laissé.

Je me taisais toujours. Je brûlais de lui dire que ses horribles maîtres à la baballe ne pensaient même plus à lui, qu'il avait cessé d'exister pour eux à l'instant où les portières avaient claqué.

– Ils ne s'attendent pas, mais alors pas du tout, à ce que je les retrouve de l'autre côté, là où ils vont s'arrêter au retour.

Comme je ne répondais rien, il a précisé :

– J'ai une intelligence de chien.

Pauvre chien, son entêtement me fait de la peine.

– De toute façon, ai-je dit, nous ne sommes que le 18.

– Ils ne partaient pas le mois entier.

Quand il a commencé à ne plus tenir en place, il y a quelques jours, j'ai espéré qu'il attendait ses maîtres pour les bouffer. Tous les trois. Plus leur indifférence et leur bêtise : ça fait cinq. Plus les housses neuves : égal six.

Mais je sais qu'il n'a pas tant d'appétit. A-t-on jamais vu un chien se venger de ceux qui l'avaient abandonné ?

On m'a raconté l'histoire d'un chien que son maître avait emmené au milieu d'un lac, pour le noyer. Le maître jette le chien à l'eau mais voilà que, dans son élan, il tombe lui aussi. Il ne sait pas nager. Il se sent soudain soulevé hors de l'eau, on le ramène près du bateau. Le chien l'a sauvé. Et les humains pleurent de voir un chien leur donner une simple leçon d'humanité.

Moi, je me demande si, après, le maître a tenté encore de le noyer.

Pour finir, le chien m'a regardée, avec curiosité.

– Et toi ? m'a-t-il demandé tout à coup. Tu n'iras pas attendre de l'autre côté ?

Dimanche, le troisième

Plus rien ne va. Je crois que je vais finir de remplir mon cahier aujourd'hui. Pour être tranquille, je me suis installée derrière la station-service. Ça sent l'essence mais je suis mieux là qu'ailleurs. Personne ne viendra m'y chercher.

Sauf le chien, peut-être. Il est parti de l'autre côté. Je pense qu'il ne reviendra pas. Il ne veut pas manquer le retour des autres. Nous nous sommes fâchés.

C'était difficile pour nous deux de se fâcher. Il n'avait que moi, je n'avais que lui. C'était comme ça.

Solange, c'est différent. Et je suis fâchée avec elle aussi. Voilà que je pleure comme un bébé. Idiot.

Tant pis. Que le chien reste un chien et que Solange reste une Solange. Ils me fatiguent. Le chien attend. Solange est vexée, elle croit que je lui ai menti pour le plaisir. Le chien reste un chien parce qu'il se croit intelligent. Solange reste une Solange parce qu'elle me croit méchante et qu'elle croit avoir été bête. Ce doit être ce qu'on appelle l'amour-propre.

Si j'étais en colo, j'écrirais vite aux parents pour qu'ils viennent me chercher. Je n'aurais pas d'amour-propre. Aujourd'hui, je n'ai pas d'amour du tout. Pour personne. Cela ne sert à rien d'avoir de l'amour pour ceux qui ne sont pas là. Et ici, ceux qui sont là restent suspendus au-dessus de l'autoroute à chercher de quel côté ils pourraient bien aller pour que leur vie devienne quelque chose.

Comme si le sens de la vie dépendait du sens de la route.

Le chien n'est pas intelligent pour un sou. Je le lui dirais tout net s'il était là avec moi. Il n'a qu'une ruse d'esclave qui veut rentrer dans les bonnes grâces du maître.

Et moi, je n'ai pas d'amour du tout.

Je ne crois pas que j'aime les parents. Je suis restée avec eux parce que j'étais petite et qu'ils m'étaient utiles. Je ne pouvais pas me débrouiller sans eux. Ils viennent de me prouver que je suis maintenant assez grande pour être seule. Utiles. C'est ce qu'ils étaient.

Quand on est petit, il faut trouver une raison qui explique pourquoi on ne ressemble pas à ses parents. Alors évidemment, on pense à l'adoption. C'est presque rassurant.

Après, il faut avoir le courage de ne pas trouver de raison. Ou de se dire que c'est parce que les parents ne ressemblent à rien. Ou qu'ils ressemblent au monde.

Ce monde qu'ils ont toujours l'air de vouloir me faire avaler jusqu'à l'indigestion.

Ils ressemblent au monde. Pas tous. Je le sais. Je parle des miens. Les parents de Sophie ou ceux de Jean ressemblent à quelque chose. Doux, rassurants, drôles, intelligents (d'une autre façon que le chien). Je devrais leur demander de m'adopter.

Pour commencer, je devrais aller à la police et déclarer que j'ai perdu mes parents.

Je suis arrivée il y a trois semaines.

La voiture est tombée dans une mare et elle a disparu. Je n'ai rien dit à personne : j'étais traumatisée. Solange pourra témoigner : tellement traumatisée que j'ai inventé des choses incroyables pour me faire croire, à moi d'abord, que mes parents étaient tout près, au restaurant, à la cuisine.

On organisera des recherches.

J'aurai oublié où se trouve la mare boueuse. Et, même si je la reconnais, elle sera tellement profonde et tellement épaisse qu'on ne pourra pas y dresser de grue ni envoyer aucun homme grenouille.

Comment c'est arrivé ?

J'étais descendue de l'auto pour faire pipi. La voiture était au bord de la mare et, soudain, je l'ai vue qui glissait, glissait, s'enfonçant dans la rive molle.

Solange aura très honte de n'avoir pas

deviné le drame auquel j'ai assisté, impuissante à sauver mes parents chéris.

Elle m'emmènera chez elle et je dormirai dans un vrai lit. J'ai envie d'un lit.

Elle me serrera contre sa grosse poitrine et pleurera à gros sanglots en pensant à tous les dimanches et à toutes les nuits où elle n'était pas au relais pour veiller sur moi.

Non, mieux : ils ont été assassinés !

Lundi 20 août

Comme je pensais à mon histoire de parents perdus, le dimanche est passé beaucoup mieux que les autres. Y compris l'absence du chien.

Ils ont été assassinés.

L'assassin portait une cagoule et une tronçonneuse, mais quand il a vu qu'il ne pouvait pas la brancher (on était au milieu d'un bois et les poteaux E.D.F. étaient trop loin) il a sorti un grand couteau, un pistolet et une hache.

Il a mis les parents en bouillie avant qu'ils aient le temps de dire ouf. Moi, je n'ai rien vu parce que j'étais perchée dans un arbre et que j'avais fermé les yeux. Comme chaque fois qu'il se passe quelque chose à la télévision, maman et papa, en chœur :

– Ferme les yeux, Lili.

Pourtant, quand je ferme les yeux, j'entends encore les sons et tous ces bruits qui m'envahissent me font croire qu'il serait mieux d'ouvrir les yeux.

J'ai fermé les yeux, Lili.

Quand il n'y a plus eu de bruit du tout, je suis descendue de l'arbre et j'ai marché, marché, jusqu'à tomber sur l'autoroute. J'ai suivi les autos jusqu'au relais, où je suis restée.

– Traumatisée, dira le policier. Mais où est-il ce bois ?

– Traumatisée, dira le psychologue. Vous voyez bien qu'elle n'est pas en état de le retrouver !

Ils concluront que l'assassin est parti avec la voiture.

Le seul problème, c'est justement la voiture.

Je sais très bien qu'à chercher une voiture avec son immatriculation, la police finit toujours par la retrouver. Résultat : ils retrouvent du même coup les parents, dedans, ou pas loin. Bien vivants.

Je pourrais leur envoyer une autre carte postale :

Changez vos plaques d'immatriculation.
La police vous recherche
pour m'avoir assassinée...
Meilleur souvenir.
Votre Lili qui vous veut du bien.

Mais ces idiots seraient fichus d'aller dire au commissariat qu'ils ne m'ont pas assassinée et : « Qu'est-ce que t'es encore allée raconter là, Lili ? »

Le psychologue déclarerait que l'enfant est, en tout état de cause, un pervers polymorphe.

On me l'a dit à moi, enfin à papa et maman, devant moi. Parce que, après m'avoir traînée chez plein de médecins et dans plein d'hôpitaux pour savoir pourquoi je vomissais si souvent, après des tas de résultats d'analyses, d'examens qui disaient que je me portais comme un charme, maman m'a emmenée chez un psychologue.

Ce n'est pas qu'elle me trouvait folle, elle

craignait que j'aille mal, et qu'on aille tous mal puisqu'on vivait ensemble, eux et moi.

Le psychologue a conseillé une psychothérapie car il me trouvait déséquilibrée, anxieuse et fragile. J'ai eu de la chance : il n'avait plus de rendez-vous disponibles et m'a envoyée à une de ses collègues. Celle-ci m'a rendu la liberté au bout de trois séances car elle me jugeait équilibrée, intelligente et fort mûre. Elle a proposé une psychothérapie aux parents. Mais ils ont répliqué que ce n'était pas la peine puisque j'allais bien.

Donc, pas de carte postale. Pas de déclaration de perte de parents à la police.

C'est beaucoup trop compliqué. Beaucoup trop.

Mardi 21, matin

Le chien est revenu dans la soirée d'hier. Je l'ai d'abord aperçu au bout du couloir. Il avait son air pas fier. Je n'aime pas quand il prend cet air, quand il semble porter le monde entier sur l'échine, le monde entier qui lui creuse l'échine. Il en a même oublié de danser des pattes pour montrer à Mme Simao qu'il fait bien attention à ne pas salir encore le carrelage sale.

Il s'est approché lentement, les oreilles basses.

– Tu t'ennuyais, le chien ?

Je crois qu'il avait surtout des problèmes pour se nourrir. De l'autre côté, ils aiment moins les chiens.

Je n'ai rien dit. Je sais qu'avec moi il peut manger à satiété et éviter quelques coups de pieds au ventre.

Mercredi 22

Le chien n’a jamais parlé. J’ai menti.

→ importance du vide / blanc

Jeudi 23 août

Il n'a jamais parlé mais il y avait ses yeux.

Ses yeux à bonne grosse profondeur mouillée de chien, et bruns.

Chers parents, que c'est dur de ne plus vous aimer.

Peut-être, demain, recommencerai-je à les aimer. Le mois touche à sa fin. Mon cahier aussi.

Vendredi 24 août

Ce que c'est que le remords ! Voilà qu'ils rentrent deux jours plus tôt que prévu.

Leur voiture est sur le parking de l'autre côté. Je ne les ai pas encore vus. Ils doivent tourner, à ma recherche, passer d'un côté à l'autre, comme dans les gares quand on ne trouve plus son casier à la consigne.

Au-delà des glissières métalliques qui bordent l'autoroute, de grands champs s'étirent jusqu'à l'horizon. Avant aujourd'hui, je ne les avais pas regardés ; j'étais restée dans l'enclos, le casier où ils m'avaient déposée. J'attendais.

Oui, je vous attendais, parce que je croyais être trop petite pour n'avoir personne dans ma vie, personne qui soit responsable de moi. Je suis maintenant responsable de moi.

Le monde sera pareil à mes rêves, un monde sans chiens comme le chien, sans gens comme vous.

De grands champs s'étirent jusqu'à l'horizon. Très loin, j'aperçois un clocher, les toits d'un village, qui a l'air d'un vrai, papa.

C'est par là que je pars. Peut-être vais-je retrouver le chien, errant. Peut-être aura-t-il réfléchi.

Pas d'adieux, surtout. Depuis qu'il est revenu de notre côté, il hurle à la lune qui est pleine, et la lune ne lui répond pas.

Ses oreilles cherchent encore à saisir les bruits au-delà du monde. Ses flancs se sont creusés. Il ne dort plus sans gémir, sans se débattre dans les mauvais rêves. Et je le regarde, qui se laisse ronger par le chagrin comme par une vermine.

Au milieu des champs, tout à coup, j'entendrai un bruit de course, un halètement. Je me retournerai et je verrai son grand corps noir fourré bondir par-dessus les blés, son grand corps vivant et plus fort que le vent qui agite les épis gonflés, au gré de ses caprices.

LA PLAGE

– Lili ! Ohé, Lili !

Quand on eut crié quatre ou cinq fois son nom, Lili leva la tête, et ses yeux sombres parurent revenir de très loin avant qu'elle ne fixe le rivage – enfin, ce qui en tenait lieu un après-midi d'août : la frange ininterrompue de corps presque nus qui s'agitaient à la lisière des flots et du sable mouillé.

Les corps avaient rougi, bruni, en plus de trois semaines. Ils restaient peu élégants pourtant, patauds comme des animaux pas encore grands.

Dans tous les bras qui remuaient, dans tous les visages plissés sous le soleil, dans toutes les bouches criardes multipliées à l'envi, Lili se refusa à chercher ceux qui s'adressaient à elle.

Cependant, elle reboucha son stylo et rangea soigneusement dans un sac de toile le gros cahier qui avait laissé une empreinte blanche sur ses genoux.

Une fois le cahier tapi dans l'abri de toile, Lili laissa le monde ressurgir. Le monde qui l'entourait avec ses bruits, ses odeurs, ses couleurs, son toucher de sable chaud, son goût de plein soleil.

Le monde déferla, et les criailleries perçantes de la plage, et le sucre des guimauves abandonnées dans leur gangue de sable brun, et les boîtes de métal vides.

Un corps se laissa tomber sur la natte en paille de riz étalée près de Lili. Un autre corps le suivit, de l'autre côté de Lili, sur une autre paille de riz.

– Ça va, ma chérie ?

Une main féminine caressa ses cheveux châtains.

– Oui, dit Lili.

– Tu ne vas pas te baigner ?

– Pas envie.

– Franchement! intervint la voix de son père, sur la gauche, passer un mois entier à la mer sans aller une fois dans l'eau! Rester enfermée dans le studio exigu ou se cantonner aux deux mètres carrés qu'on a le droit d'occuper sur la plage! Si tu ne vas pas te baigner ni jouer, je ne sais pas pourquoi on t'a amenée ici!

– Laisse, fit doucement la mère, d'une voix conciliante.

Il se fit entre eux trois un silence, assez long, silence d'une qualité singulière puisque l'on entendait les conversations des voisins. Un silence malgré tout.

– Laisse! cria une autre mère, trente centimètres plus loin, en tapant sur la main d'un bébé qui avait ramassé une saleté dans le sable.

– Laisse... grommela un homme, fatigué que sa femme l'enduise pour la millième fois de crème solaire.

– La laisse! hurla un adolescent en voyant son chien s'enfuir à toutes pattes.

Lili tourna la tête vers sa mère allongée sur le ventre, paupières mi-closes.

La voix maternelle reprit, aussi douce, compréhensive :

– Notre Lili est très occupée ce mois-ci. N'est-ce pas, Lili ?

Elle n'attendit pas l'acquiescement qui tardait.

– Notre Lili écrit ! N'est-ce pas, Lili ? C'est très absorbant d'écrire...

Nouveau silence.

– Tu rédiges ton journal, ma chérie ?

Lili eut à peine le temps de sursauter.

– Pas besoin de tenir un journal quand on ne fait rien ! s'exclama le père. Dans un journal intime, on raconte ce qu'on fait !

– Ce que tu es bête, fit la mère. On raconte aussi ce qu'on éprouve, ce qu'on pense... Lili ?

– ...

– Ou bien nous écris-tu un petit conte ? suggéra encore la mère.

– Un conte à dormir debout ? avança le père, content de son jeu de mots.

– Un conte pour mille et une nuits ? renchérit la mère.

– Un compte à rebours ?

Tous deux riaient à présent.

– Ou un règlement de comptes ? fit lentement la mère, d'une voix assoupie.

Elle n'avait toujours pas ouvert les yeux.

Lili continuait de la regarder, un peu hébétée, le cœur battant.

Et la plage continuait à bruire de son surpeuplement.

La mer roulait ses flots salis.

Le retour

La famille quittait la côte le lendemain.

– On repartira samedi, six heures pétantes, à la fraîche ! avait dit le père, quelques jours auparavant.

Quand on commença à remuer à quatre heures du matin, dans le studio minuscule, l'immeuble retentissait déjà des bruits de l'aube. Beaucoup de vacanciers prenaient la route ce jour-là. À la fraîche.

Le premier geste de Lili au réveil fut de glisser la main sous son oreiller. Ses doigts chauds, un peu engourdis par le sommeil, rencontrèrent le dos de toile puis la douce couverture plastifiée du cahier. Bien à sa place.

La douche coulait dans la salle de bains. Des bruits de tasses, une odeur de café venaient de la cuisine.

Le lit des parents était déjà replié en divan afin que l'on pût circuler et boucler les bagages. La nuit, entre le canapé transformé en lit et le matelas d'appoint étalé sur le carrelage, il n'était plus possible de faire un pas dans la pièce. La table et les chaises nécessaires aux repas avaient, elles aussi, été repliées et rangées dans les coins.

Il faisait nuit.

Aucune lampe ne brillait dans la chambre-salon-salle à manger, mais les lueurs indirectes, croisées, blafarde celle de la cuisine, jaunâtre celle de la salle de bains à travers la porte entrebâillée, révélaient la forme des meubles comme le désordre des vêtements et autres effets, auprès des trois valises qui béaient, vides, sur le divan.

Rassurée par les bruits familiers, la présence des valises encore vides, Lili s'étira et demeura allongée sur le dos, les yeux au plafond.

La question qui l'avait un moment empêchée de trouver le sommeil la veille au soir la tourmentait encore, exigeant une réponse : mettrait-elle ou non le mot « fin » au bas de la dernière page du cahier qu'en l'espace de trois semaines elle avait couvert de son écriture ronde ? Sa vraie fausse histoire.

Le récit inventé lui plaisait assez, et, grâce à lui, l'été familial, l'été surpeuplé, l'été de touffeur, l'été, enfin, avait passé.

Était-il temps de mettre le mot « fin » ?

Sourdement, Lili voulait que l'histoire s'arrête. En relire certains passages l'attristait, comme si, parfois, les mots, les phrases avaient couru, volé, plus vite que sa pensée, plus vite que sa volonté, couru de toute la vitesse de leurs jambes grêles et nerveuses martelant les pâles rayures mauves. Couru au-devant de la réalité.

Et Lili avait là, sous l'oreiller tiède, des pages à figure quelque peu monstrueuse... Comment avait pu jaillir entre les lignes sages, entre les blanches pages striées de mauve et de rose pâle, cette histoire toute d'inquiétude, d'incertitude, de solitude ; et pourquoi, quand elle y pensait, ces trois mots rimaient-ils, pour l'attacher plus encore à son précieux mais douloureux fardeau d'encre et de papier ?

Repoussant du pied le drap qui la couvrait, Lili se décida.

Elle écrirait le mot « fin ». Et le cahier serait rangé, oublié. Peut-être jeté.

Fin d'un journal estival inventé. La vie recommencerait au-delà de cette curieuse et dérangeante parenthèse.

Dans la salle de bains, la douche cessa de couler. La cafetière électrique lâchait ses ultimes flatulences, éructait ses derniers hoquets, bruits familiers, rassurants. Toujours.

Pourtant…

Lili se redressa brusquement sur son matelas. Quelque chose n'allait pas. Elle en fut certaine, avant d'en bien cerner la source confuse.

Personne ne chantonnait ou ne marmonnait dans la salle de bains ni la cuisine.

Aucune main maladroite au matin n'entrechoquait les tasses, ne claquait la porte du réfrigérateur. C'était comme si l'on avait posé une sourdine sur les bruits ordinaires. Il n'y avait que l'eau du bain et le café pour être égaux à eux-mêmes. Mais tous les gestes des humains se faisaient avares et lents, mesurés, trop discrets.

Trop discrets pour être honnêtes.

Fort inquiète, Lili se leva.

Certes, les valises étaient là, les parents aussi, forcément. Mais que signifiait leur silence, leur soudaine parcimonie à se mouvoir ? Une querelle ? Un drame ? Un chagrin ?

Quelqu'un est mort, pensa Lili. Ou quelqu'un va mourir.

Mais elle se dit aussitôt qu'il n'y avait pas le téléphone dans le studio, que le facteur n'était pas encore passé. Nulle nouvelle douloureuse n'avait pu arriver dans la nuit, venir se nicher dans le foyer douillet. Une dispute, conclut Lili.

Dans un instant, peut-être, la voix de papa allait crier « Venise » depuis la salle de bains, et le visage de maman viendrait sourire à la porte de la cuisine, sourire pour effacer les yeux gonflés, les traits tirés, le visage vieilli sous le bronzage trop présent.

Lili attendit.

Rien ne se produisit.

Lili fit un pas en direction de la cuisine, mais se ravisa et, sans bruit elle aussi, commença de défaire son lit, redressa le matelas à la verticale contre le mur.

Puis elle resta les bras ballants.

Personne ne sortait de la salle de bains ni de la cuisine où elle n'osait entrer. Les présences silencieuses, invisibles, devenaient inquiétantes.

Le carrelage était froid sous ses pieds nus. Elle regarda autour d'elle. Voyant ses vêtements empilés dans un angle du canapé, elle entreprit de les ranger dans la plus petite des trois valises, soigneusement, avec ses livres, sa trousse. Ne manquait que la brosse à dents. Elle bouclerait la valise quand elle serait douchée à son tour. Le cahier fut glissé dans le sac de toile qu'elle gardait toujours avec elle, en précieux bagage.

Elle avait mis de côté un bermuda, une chemise, une culotte, ses sandales.

Dans la cuisine, l'eau coulait sur le revêtement métallique de l'évier. On rinçait une tasse. Ensuite, au silence que troublait à peine l'agitation d'un chiffon, Lili supposa que sa mère était en train d'essuyer la tasse. La porte du placard s'ouvrit, la tasse heurta une soucoupe, la porte claqua.

L'oreille tendue vers ces bruits dont elle essayait de décrypter l'étrangeté derrière l'apparence banale, Lili rassembla son courage et franchit le seuil de la cuisine.

Sa mère lui tournait le dos, déjà prête, habillée, coiffée. Sans doute perçut-elle qu'elle n'était plus seule.

Elle se retourna très vite.

Jamais Lili ne lui avait vu ce visage, défait, harassé, pâle malgré le bronzage, que l'éclat violent des prunelles et le pli amer de la bouche paraient d'une expression inquiétante.

Lili s'en trouva comme paralysée.

– Bon... Bonjour, maman, balbutia-t-elle.

Le silence qui s'appesantissait parut figer encore les traits hostiles de la mère.

– Tu ne… Il n'y a plus de lait? demanda Lili.

Contrairement aux autres matins, elle ne voyait pas le bol fumant sur la table, les deux tartines.

La réponse tomba, brutale, sèche:

– Puisque tu es assez grande, puisque tu n'as plus besoin de nous, prépare-toi ton petit déjeuner.

Sur ces mots, la mère quitta la cuisine, sans un regard pour Lili, sans une autre parole.

Lili comprit tout à la fois.

Elle comprit qu'elle s'était trahie, qu'on l'avait trahie, qu'elle avait trahi.

Même si elle n'en voulait plus, elle fit chauffer le lait afin de rester encore un peu dans la cuisine, afin de retenir, quelques instants, des bribes, des vestiges de la vie normale, de la vie d'avant.

Avant le cahier.

Elle sursauta quand son père entra dans la

cuisine, rasé de près, parfumé, les cheveux mouillés.

– Alors, l'écrivain en herbe, on prend la plume pour écrire des horreurs ?

Son regard passa sur Lili comme s'il ne la voyait pas, bien qu'il s'adressât à elle, comme si elle n'était pas là. Il alla se servir un grand bol de café.

– Je ne parle même pas de ta malhonnêteté, de tes mensonges. Où est-ce qu'on t'a appris à écrire ces choses ignobles ? Ces... ces... diffé... ces diffa... ces défis... diffamatoires ?

– Vous avez lu mon cahier ! souffla Lili.

Ce fut la mère qui répondit, depuis la chambre-salon-salle-à-manger.

– Une chance ! Je préfère savoir que j'ai une teigne, une punaise sous mon toit !

Elle revint dans la cuisine pour darder sur sa fille non pas seulement le regard qu'on réserve aux parfaits étrangers, mais celui, accusateur, qu'on pose sur les traîtres.

La mère scrutait ce monstre qu'elle avait enfanté, nourri, réchauffé en son sein, qui la jugeait si terriblement au bout du chemin long, souterrain, secret et mystérieux du désamour.

Le procès de Lili se déroula sur plus de six cents kilomètres et sur dix heures. Car de nombreux vacanciers avaient opté pour le départ « à la fraîche », et le tunnel de Fourvière éprouvait, comme à l'ordinaire, des difficultés de digestion.

Lili ne prononça pas un mot.

Ses parents, tour à tour procureurs, avocats, juges, jurés, parties civiles et témoins, s'en chargèrent pour elle.

Lili fut donc toute silencieuse.

Mais, à l'avant de la voiture, on cria, on pleura, on se livra à de longs monologues sur l'ingratitude, l'hypocrisie, la lâcheté.

Lili demeura toute silencieuse.

Elle avait prévu, imaginé comme un jeu l'effondrement de son monde, et voilà que son monde s'effondrait.

Lili resta toute silencieuse.

Car elle avait douze ans, et c'est affreux de causer tant de peine et de ravages à douze ans.

Lili resta silencieuse car elle n'avait plus rien à dire, comme si ce cahier, où elle s'était chaque jour plongée, lui avait ravi à jamais tout ce qui rassure, tout ce qui console, et l'avait fait grandir, si vite – trop vite ? – mais grandir.

Lili réfléchit, réfléchit longtemps, tandis que le procès se poursuivait, devant. Enfin, elle se dit que douze ans était un bon âge pour grandir, pour grandir un grand coup.

– Résumons-nous, proposa le gendarme Boudu.

Sa main alla se percher au sommet de son crâne, hésita, comme encore étonnée de ne pas rencontrer le fouillis soyeux des cheveux qui, depuis vingt ans déjà, avaient déserté la tête chauve.

Boudu baissa furtivement ses yeux clairs, bizarrement doux, vers le bloc sur lequel il avait couché quelques notes.

L'histoire était un brin embrouillée.

– Vous êtes donc arrivés au relais le samedi 25 août, c'est-à-dire avant-hier, aux environs de 16 heures.

Face à lui, les deux têtes éplorées opinèrent de concert.

– Vous veniez de la côte et rentriez sur la région parisienne.

Nouvel hochement des deux têtes défaites. La femme y ajouta un reniflement et porta un mouchoir à son bout de nez rougi.

– Donc… vous vous garez sur le parking, non loin des jeux m'avez-vous dit, et les trois passagers descendent de voiture… Je passe sur les détails : soulagement des besoins, arrêt à la cafétéria, Monsieur achète un journal, etc.

– Un hebdomadaire, précisa Monsieur.

Le gendarme Boudu lui décocha un regard las.

– Si vous voulez, marmonna-t-il.

Il demeura un moment en contemplation devant son bloc de papier, comme s'il espérait en voir jaillir une lumière, un éblouissement qui l'eût arraché à ce laborieux récapitulatif.

Soit il avait de la sauce blanche à la place des méninges, soit le couple ne lui disait pas toute la vérité. Il poursuivit :

– C'est alors, m'avez-vous déclaré, que vous constatez la disparition de votre fille.

La femme eut une hésitation avant d'acquiescer.

– Exactement ! s'exclama le mari, avec un peu trop d'empressement.

– Vous la cherchez…

– Une heure ! fit l'homme.

– Deux heures dix ! corrigea la femme. Il était presque six heures quand on est reparti.

– Justement, rétorqua Boudu. Voilà qui me chiffonne. Pourquoi êtes-vous repartis ?

– Pour la chercher ! s'exclamèrent-ils en chœur.

– La chercher ! La chercher ! répéta le gendarme. C'était au relais qu'il fallait la chercher puisque c'était au relais qu'elle avait disparu.

Penauds, les deux parents baissèrent la tête.

– Oui, mais… bredouilla la femme. On a pensé… pensé… qu'on la trouverait peut-être dans un village des environs…

– Drôle d'idée, souligna Boudu. C'est que ça fait une trotte jusqu'au premier village, même en coupant à travers champs.

– Sauf si elle est partie tout de suite après notre arrivée, avança le père. Comme nous l'avons cherchée pendant plus de deux heures, elle aurait largement eu le temps d'atteindre le village...

– Attendez, l'arrêta le gendarme. Si je vous suis bien, vous ne pensez pas à une simple disparition mais à une sorte de... de... disparition volontaire... Une fugue, autrement dit?

La mère sursauta, rougit. Boudu la regarda.

– Quelque chose vous fait croire qu'elle aurait pu fuguer? demanda-t-il doucement.

Silence.

– Vous m'avez bien dit qu'elle n'a que douze ans...

Le père fit oui de la tête.

– Il peut aussi bien s'agir d'un enlèvement, suggéra lentement Boudu.

La mère se mit à sangloter. Le mari lui posa une main sur l'épaule. Boudu aspira un grand coup.

- J'en viens au principal...

Il marqua un temps, laissa errer son regard pâle dans la gendarmerie vieillotte. Bientôt, il demanderait sa mutation, avant la retraite. Il n'avait pas envie de terminer sa carrière dans un secteur comprenant un relais d'autoroute. Cette population migrante, nombreuse, se permettait tous les excès.

Le mois dernier, ses hommes et lui avaient dû aller chercher une petite vieille que sa famille avait abandonnée pendant qu'elle était allée aux cabinets. Et dans ces cas-là, impossible de retrouver les propriétaires, enfin les… la famille.

À moitié gâteuse, la vieille était incapable de donner l'adresse de ses enfants. Elle répétait sans cesse un prénom, celui de son fils, parlait avec un mari défunt.

En plus, elle était persuadée qu'on l'avait emmenée au Club Méditerranée. Tout juste si elle ne prenait pas les gendarmes pour de gentils animateurs déguisés.

Comme on ne savait où la mettre, elle avait atterri à l'hôpital de Dijon, et malgré les appels, dans la presse locale et nationale, à la télévision, personne n'était venu la chercher. Elle n'avait évidemment sur elle ni papiers ni même un collier comme les chiens, parfois.

Maintenant, une gamine.

Le gendarme Boudu soupira de nouveau.

– Vous avez mis près de quarante-huit heures à déclarer la disparition de la fillette. Pourquoi ?

Les deux parents se sentirent épinglés sous l'œil paisiblement inquisiteur.

– On… on vous l'a dit. On la cherchait !

– Non mais, franchement ! explosa Boudu. On ne cherche pas tout seul sa fille pendant quarante-huit heures. Vous imaginez ce qui peut lui arriver pendant ce temps ?

La mère sanglota de plus belle.

– Oh ! Retrouvez-la, monsieur, je vous en supplie ! Retrouvez-nous notre Lili !

Devant ce débordement de détresse maternelle, le gendarme Boudu préféra réserver son opinion. Ces gens avaient quelque chose de bizarre.

– Revenons à l'hypothèse de la fugue…

Les premiers éléments de l'enquête vinrent mettre un bémol aux affirmations des parents : renseignements pris dans les villages environnants, il s'avéra que le couple ne s'y était pas montré (on sait tout, ou à peu près, dans un village), qu'a fortiori l'homme et la femme n'avaient interrogé personne pour savoir si l'on avait vu passer une petite fille. Voilà qui annulait les quarante-huit heures de prétendues recherches.

En revanche, détail non négligeable, l'épicière du village le plus proche du relais déclara avoir aperçu une petite fille qui traversait la grand-rue le samedi en début de soirée.

Elle s'en souvenait bien, il était 7 heures et elle s'était demandée où se rendait cette enfant toute seule. Et la fillette à bermuda rouge et chemisette vert sombre, un sac de toile en bandoulière, marchait sans fatigue apparente, les yeux fixés droit devant elle, l'air de savoir où elle allait.

L'air de savoir où elle allait! répéta plusieurs fois le témoin. Ce n'était pas tous les jours que le village assoupi voyait passer une petite voyageuse au pas hardi, et qui ne demandait rien à personne.

Un autre détail avait intrigué l'épicière.

Quand la fillette avait posé le pied sur le trottoir, un chien avait aboyé – sans doute celui de la ferme Trochu qui ne reste jamais tranquille cinq minutes. L'enfant s'était retournée vivement et avait appelé : « Le chien ! » Ses yeux étaient un moment restés fixés sur l'autre bout de la rue. Puis elle avait haussé les épaules et poursuivi sa route.

Le second accroc fut que les trois gendarmes partis enquêter au relais autoroute revinrent avec de stupéfiantes informations.

Personne dans l'après-midi de samedi ne s'était renseigné sur la disparition présumée d'une petite fille.

– Vous pensez bien qu'on a l'habitude, ici, et que la nouvelle aurait fait le tour des boutiques ! avait dit la buraliste. C'est souvent qu'un gosse s'égare, comme dans les grands magasins, mais on le retrouve toujours en cinq minutes. Le plus souvent, c'est qu'il s'est trompé de côté !

À ce moment-là, avait noté le gendarme dans son rapport – car c'était un gendarme scrupuleux, qui ne négligeait rien – la buraliste s'était tue, avait tourné la tête, à droite, à gauche, fouillé de ses yeux fardés et éteints le long couloir qui enjambait les huit voies d'asphalte, scruté l'entrée des deux cafétérias semblables de part et d'autre de l'espèce de pont.

– Tiens, c'est vrai... avait-elle murmuré.

L'étonnement lui donnait une voix sourde où vibrait un soupçon d'inquiétude.

– ... À quoi est-ce qu'on peut reconnaître un côté de l'autre... si on n'est pas d'ici ?

Elle s'était reprise, avait paru se souvenir de la présence du gendarme qui la questionnait.

– Remarquez, personne n'est d'ici. Mais moi, je me suis habituée. Il suffit que je me souvienne qu'il faut tourner à droite après avoir baissé le rideau de fer.

Le gendarme était reparti, en se trompant de côté. Il avait été sauvé par son collègue :

– Hé ! Viens voir un peu !

Il avait tourné la tête puis les talons. Le collègue était accroupi à hauteur des bacs à fleurs plastiques qui flanquaient l'entrée du restaurant.

Devant ses pieds, il avait déjà déposé le fruit de ses investigations dans les méandres de la plante artificielle: mégots, chewing-gums, et tout un tas de menues saletés non identifiables.

Ce butin-là ne l'intéressait pas. Sa main tâtonnante venait de se refermer sur un objet plat, lisse, assez grand. Il le tira à lui.

C'était un cahier plutôt épais, au dos de toile violette, à couverture pelliculée. Un cahier aux pages couvertes d'une écriture enfantine ronde.

La première feuille était vierge, au recto comme au verso, ainsi que s'en soucient les enfants soigneux.

En haut de la troisième page était inscrite une date, proprement soulignée; mais l'on devinait à deux minuscules inflexions que le trait n'avait pas été tracé à la règle:

<u>Mardi 31 juillet</u>

Hier, dès qu'on est arrivé, je leur ai trouvé de drôles d'airs…

La gendarmerie n'avait plus du tout son allure ordinaire, paisible et routinière. C'était la crise, l'effondrement, le drame.

D'un côté du bureau était assis le gendarme Boudu, les coudes appuyés sur son buvard, les mains jointes. De l'autre côté, les parents de la petite Lili.

Entre eux, au milieu du bureau, se trouvait le cahier au dos de toile violette. Boudu avait passé la moitié de la nuit à le lire, le relire, pour être certain de bien comprendre En fin de matinée, il avait convoqué les parents descendus à l'auberge du bourg.

Dès son entrée dans le bureau, en apercevant le cahier violet, la mère avait eu une crise de nerfs. Le père était devenu blême.

Alors, le gendarme avait demandé un verre d'eau pour la femme, puis ordonné qu'on ferme la porte du bureau, afin d'être seul avec le couple.

Pour Boudu, c'était la dernière fois que cette porte se refermait sur son ordre. Demain, c'était décidé, il démissionnait. Il se contenterait d'une chiche retraite, cultiverait son jardin, distillerait son eau-de-vie de mirabelles et surtout, surtout s'essaierait à la photographie ; il en avait toujours eu envie. Des photos de cérémonie, quand les gens sont heureux, en tout cas qu'ils en donnent l'illusion. En plus de trente ans de carrière, le gendarme Boudu avait fini par préférer les visages sur papier mat ou glacé, noir et blanc ou couleur, à ceux qu'il avait vus défiler, hagards, peureux, défaits, ces visages qui se décomposaient, se recomposaient. Toute l'humanité dans le pli tordu d'une bouche, la fuite d'un regard.

Il ne voulait plus les voir que sur papier glacé. Quand ils posent. Les seuls instants de leur vie où ils sont présentables.

C'était à cela qu'il pensait en menant tambour battant l'interrogatoire de rigueur.

– Ce cahier… Et si vous l'aviez abandonnée, votre fille, le 30 juillet dernier ?…

En face, c'était un déchaînement de cris, de protestations et de justifications qu'il n'écoutait que d'une oreille distraite.

Le père bombait le torse pour montrer qu'il tenait tête à l'adversité, la mère s'épandait jusque par terre, sur le parquet devenu blanc à force d'être passé à l'eau de Javel.

Il fallait bien ça, l'eau de Javel, pensait Boudu, pour tout effacer.

– Vous auriez pu aussi… l'assassiner !

– Vous êtes fou ! se mit à hurler la femme.

– Mais arrête, arrête ! Calme-toi ! criait le mari.

Boudu laissa doucement mourir les cris.

– Vous avez de la chance… reprit-il d'un ton calme, aucune des personnes travaillant au relais ne se prénomme Solange. En revanche, les deux buralistes ont bien une choucroute blonde sur la tête comme sur la couverture des journaux télé, mais passons…

Devant l'air atterré des parents, il réprima un sourire.

– De surcroît, tous les employés tombent d'accord sur le fait qu'aucune petite fille n'a hanté les lieux au cours du mois d'août… même si la femme de ménage, qui, encore une chance pour vous, ne s'appelle pas Mme Simao, affirme qu'on lui a volé un grand sac poubelle…

Le père et la mère avaient complètement cessé de crier, gémir, blêmir, pour ouïr de leurs quatre oreilles les paroles rassurantes.

– Dernier point troublant, mais qui ne vous disculpe ni ne vous accuse : l'épicière du village qui aurait vu passer votre fille affirme que l'enfant avait l'air de chercher un chien qui l'aurait suivie.

Boudu marqua un temps.

– J'arrête là l'explication de texte, conclut-il. Je vous rassure aussi : j'ai téléphoné à la gendarmerie du lieu où vous affirmez avoir passé vos vacances. Mes collègues ont procédé à l'enquête. Vous étiez bien trois à occuper le logement en location. Un couple et une fillette dont la description correspond à celle que vous m'avez donnée de votre enfant…

L'ultimatum tomba dans un silence que les

soupirs de soulagement du père disputaient aux derniers hoquets de la mère :

– Il est donc établi que votre fille, pour une raison ou une autre, a été séparée de vous le 25 août, en fin d'après-midi. Deux heures plus tard, elle traversait le village le plus proche du relais. Maintenant, vous allez me dire la vérité.

Alors, les parents, redoutant de se voir convaincus de méfaits plus noirs encore que ceux dont ils étaient coupables, les parents passèrent aux aveux.

– Aussi, vous imaginez notre désespoir quand on a trouvé ce cahier !

– Cet ignoble cahier !

– Ce tissu de mensonges !

– Ce réquisitoire !

– On n'imagine pas ce que les enfants peuvent inventer !

Le gendarme Boudu écoutait.

Il écouta un bon moment, il était patient.

– Venons-en au fait, finit-il par dire. D'accord, votre fille a... inventé que vous l'aviez abandonnée pour le mois d'août dans un relais autoroutier. Elle a rédigé un faux journal racontant ce mois d'août. Vous avez lu son cahier... en cachette?

– Bien sûr! Vous auriez vu comme elle le couvait!

– Elle ne s'en séparait pas une seconde.

– On a fini par se demander ce qu'elle dissimulait pour se montrer si méfiante, avec nous!

– Ses parents!

– La nuit précédant le départ, on le lui a pris, sous l'oreiller...

– Ce n'était pas de l'indiscrétion!

– On voulait savoir, c'est tout...

– C'est légitime...

– ... que les parents s'inquiètent de leurs enfants.

Devant cette avalanche de justifications, Boudu détourna les yeux et demanda:

– Ensuite?

– On a juste voulu lui donner une petite leçon!

– Toute petite!

– Mais deux heures après, quand on est revenu…

– On n'est quand même pas des monstres !

– Une toute petite leçon !

– Quand on est revenu, elle n'était plus là.

– C'est vrai qu'on n'a questionné personne…

– On n'osait pas !

Ils étaient rentrés chez eux, en région parisienne.

– On s'est dit qu'elle y était peut-être déjà.

– Qu'elle avait voulu nous jouer un tour !

Puis, ne trouvant personne au domicile familial, ils étaient revenus au relais, avant de se décider…

– Enfin ! soupira le gendarme Boudu.

… à alerter les autorités.

Au-delà des glissières métalliques qui bordent l'autoroute, de grands champs s'étirent jusqu'à l'horizon. Avant aujourd'hui, je ne les avais pas regardés ; j'étais restée dans l'enclos, le casier où ils m'avaient déposée. J'attendais.

Oui, je vous attendais, parce que je croyais être trop petite pour n'avoir personne dans ma vie, personne qui soit responsable de moi. Je suis maintenant responsable de moi.

Le monde sera pareil à mes rêves, un monde sans chiens comme le chien, sans gens comme vous.

De grands champs s'étirent jusqu'à l'horizon. Très loin, j'aperçois un clocher, les toits d'un village, qui a l'air d'un vrai, papa.

C'est par là que je pars. Peut-être vais-je retrouver le chien, errant. Peut-être aura-t-il réfléchi.

Pas d'adieux, surtout. Depuis qu'il est

revenu de notre côté, il hurle à la lune qui est pleine, et la lune ne lui répond pas.

Ses oreilles cherchent encore à saisir les bruits au-delà du monde. Ses flancs se sont creusés. Il ne dort plus sans gémir, sans se débattre dans les mauvais rêves. Et je le regarde, qui se laisse ronger par le chagrin comme par une vermine.

Au milieu des champs, tout à coup, j'entendrai un bruit de course, un halètement. Je me retournerai et je verrai son grand corps noir fourré bondir par-dessus les blés, son grand corps vivant et plus fort que le vent qui agite les épis gonflés, au gré de ses caprices.

Lili

2e rupture

– Lili ! Ohé ! Lili !

Dans un sursaut, Lili leva la tête et, machinale, sa main gauche se laissa aller dans le sable, en prit une poignée qu'elle fit glisser entre ses doigts ; puis replongea plus profond, là où le sable devenait un peu humide, plus dense, plus lourd. Ce sable-là ne coulait plus entre les phalanges comme dans la gangue de verre d'un sablier ; il s'égrenait en petits paquets informes et inégaux.

Lili jeta au loin les grains couleur de miel.

– Ohé ! Lili !

Elle essuya sa main sur la serviette avant de reboucher son stylo et de ranger soigneusement dans son sac de toile le gros cahier qui avait laissé une empreinte blanche sur ses genoux.

On l'appelait encore.

À la lisière de l'eau, deux adultes lui faisaient de grands signes.

Elle leur répondit en balançant le bras à son tour.

Ils lui crièrent de venir les rejoindre.

– Tout à l'heure ! répondit-elle en mettant ses mains en porte-voix, bien fort pour qu'ils l'entendent.

Non loin sur la plage dormait un grand chien noir à poils longs.

Il était couché sur le ventre, la tête posée sur ses pattes avant soigneusement rangées l'une contre l'autre, la truffe luisante ; ses oreilles abandonnées, pour un temps fermées aux bruits du monde, effleuraient le sable dont quelques grains s'étaient accrochés à leurs pointes brouillonnes, brillantes et humides pour avoir un instant plus tôt trempé dans l'eau.

Tous les jours, Lili avait observé ce

chien qui jouait ou dormait auprès de ses maîtres.

Il se fit un mouvement dans l'air chaud, tout près de Lili. Elle leva les yeux et vit sa mère qui se baissait, prenait une serviette et la portait à son visage mouillé.

Les yeux réapparurent, brillants, souriants.

– Ça va, ma chérie ?

Lili hocha la tête. À présent, elle avait envie de plonger dans l'eau, laisser les vagues la charrier, sentir sur ses lèvres le goût du sel, et sur sa peau le frisson frileux que donne la mer après le poids du soleil.

Le soir, la famille alla au restaurant. On partait le lendemain.

– À six heures, dit le père. Pétantes !

– À la fraîche ! s'exclama Lili en lui adressant un clin d'œil.

Son père parut surpris, un quart de seconde, puis il rit en lui ébouriffant les cheveux.

– C'est ça, moque-toi !

Lili rit à son tour, la mère aussi, mais bientôt les yeux de Lili se mirent à picoter.

Sans crier gare, sans prévenir, lâchement. Et en même temps, une grosse boule se forma dans sa gorge pour l'empêcher d'avaler ses dernières bouchées de glace à la framboise.

Heureusement qu'on en est au dessert, pensa Lili. Parce qu'au rythme où l'araignée du chagrin lui tricotait sa pelote au fond du larynx, elle allait bientôt étouffer.

Son père finissait de vider la bouteille dans les coupes.

On avait décidé que ce serait un peu la fête ce soir, le dernier soir.

– Encore une goutte, Lili ?

Les lèvres un peu crispées, Lili acquiesça.

Elle avait déjà eu droit à une gorgée de fraîches bulles d'or pâle tout à l'heure.

Maman lui avait tendu sa coupe pour faire sonner son faux cristal contre le sien. Il s'en était suivi une série de légers tintements pareils à des cloches lointaines.

Pour la circonstance, mais sans trop aimer le goût du breuvage, Lili en accepta un nouveau filet.

Il était onze heures quand ils quittèrent le restaurant.

Dehors, les drisses claquaient sur les mâts métalliques des bateaux de plaisance qui sommeillaient au port.

– Un jour, je voudrais partir en bateau, dit le père en s'arrêtant devant le plan incliné qui glissait dans l'eau noire.

Lili eut l'impression brutale que tous les bruits de la ville s'étaient tus. Fini le passage des autos, le brouhaha aux terrasses des cafés, les rires des gens qui cheminaient en groupes.

– On le fera peut-être, dit la mère en prenant la main de son mari.

– Peut-être jamais, répondit-il.

Sa voix était basse, car les voix se font sourdes quand le rêve y passe. Non pas le simple souhait d'une promenade en bateau, mais le désir inlassable de voguer loin des terres et loin du monde.

Alors, tout à coup, Lili comprit que Venise, Bora-Bora n'étaient que des mots faits pour rassurer les grandes personnes, leur laisser croire que le rêve a une patrie, un pays, des villes, des plages, des lagunes, des gondoles ou des palmiers, parce que dans toutes les gorges l'araignée, parfois, tisse sa pesante pelote.

Il fallait rêver plus loin, plus fort, autrement, pour que la vie de tous les jours soit vivable, pleine. Pas des rêves de départ… mais des rêves à coucher sur papier, ou ailleurs, pour pouvoir se dire qu'après le monde aurait un peu changé.

Ils firent quelques pas.

Sa mère tenait toujours la main de son père. Elle se retourna, s'arrêta, tendit son autre main à Lili qui traînait derrière. Lili la prit et leurs doigts se serrèrent.

Les drisses claquaient toujours dans la brise.

Ils étaient presque arrivés à l'immeuble quand sa mère s'exclama :

– Ton sac, Lili ?

– Hein ?

– Le sac de toile, avec ton cahier !

– Oh…

Lili ne l'avait plus. Il était resté accroché au dossier de la chaise du restaurant.

– Je vais le chercher, dit son père.

Il partit à grands pas. Il courait presque.

Lili le regarda s'éloigner. Longeant le port, il penserait encore au bateau qui ne l'emmènerait pas.

– On monte ? proposa sa mère.

Elles prirent l'ascenseur jusqu'au quatrième étage.

Tandis que sa mère dépliait le canapé-lit, Lili se coucha immédiatement sur le matelas d'appoint.

– Tu vas dormir tout de suite ?

– Mmmm...

– Tu n'attends pas qu'il revienne pour être sûre que ton cahier n'est pas perdu ? s'étonna sa mère.

– ... Pas perdu, murmura Lili.

Elle sombra dans le sommeil.

Il faisait encore nuit quand Lili ouvrit un œil.

La douche coulait dans la salle de bains. Des bruits de tasses, une odeur de café venaient de la cuisine.

Le lit des parents était replié, les valises ouvertes posées dessus, pleines déjà.

Le sac de toile était resté à terre contre la porte d'entrée du studio, un sac d'un blanc douteux, avec ses deux longues bandoulières abandonnées en une molle arabesque.

Les bruits familiers, rassurants, duraient.

Lili se redressa dans son lit. Oui, les bruits continuaient, sans paraître devoir se taire, mourir.

Son père sifflotait sous la douche. Sa mère marmonnait parce que le lait venait de déborder.

Lili sourit et, de nouveau, les yeux lui brûlèrent. Elle sautilla sur le carrelage, froid sous ses pieds nus. Vite, elle alla chercher le sac de toile, le rapporta vers son lit, prit à l'intérieur le cahier au dos violet, voulut l'ouvrir, se ravisa.

Elle avait eu le projet d'ajouter une page après l'histoire avec le gendarme, la dernière :

Samedi 25 août

J'ai menti.

Le mot n'était pas juste. Il n'était pas question de vérité ou de mensonge. Elle avait seulement promené une loupe déformante sur quelques souvenirs, des inventions aussi, et laissé son imagination cabrioler sur d'imprécises tristesses.

Le cahier regagna son abri de toile.

Lili se leva de nouveau et poussa la porte de la cuisine. Un grand bol blanc au contenu fumant était posé sur la table. Deux tartines beurrées l'encadraient.

– Bonjour, maman, fit Lili.

Sa mère se tourna vers elle, l'embrassa sur le front.

– Dépêche-toi de manger. Ton père est pressé de partir.

Elle reprit le nettoyage de la plaque électrique.

– Départ dans dix minutes ! cria son père en jaillissant de la salle de bains. Lili, à la douche !

Il se montra dans la cuisine, avala une gorgée de café tiède.

– J'ai retrouvé ton sac, tu as vu ?

Lili dit « Oui, merci » avant de tremper les lèvres dans son lait.

Son cœur cognait fort.

Elle avait envie de se nicher dans les bras de cet homme, de cette femme qui étaient ses parents, de leur demander pardon d'avoir, dans un cahier, sur eux écrit des choses pareilles. Des saletés. Qui n'étaient pas vraies, pas exactement, et qu'importait.

Dans un éclair, Lili comprit qu'un jour elle aurait leur âge, leur vie peut-être, le même monde en héritage, ou à peu près.

Ayant reçu les coups, accusé les pliures, les cassures, les ferait-elle siennes pour avoir envie de continuer à vivre, envie de se lever chaque matin sans souffrir ? Puis, à son tour, porterait-elle des coups, croyant que c'est ainsi qu'il convient d'élever les petits d'hommes, afin qu'eux-mêmes, plus tard, aient une vie toute tissée de renoncements, de petites bassesses et minuscules grandeurs, de rêves clignotants qu'on s'empresse de figer sur du papier glacé, pour ne pas les perdre tout à fait ?

Son lait avalé, Lili fila sous la douche. Cinq minutes plus tard, elle ressortait habillée. Elle se saisit de son cahier, alla ouvrir le vide-ordures dans la cuisine.

– Qu'est-ce que tu fais ? questionna sa mère.

Lili avait la main sur la poignée froide, le cahier serré contre elle.

Elle leva les yeux vers le visage maternel, qui était doux à cet instant, vaguement inquiet, et mille choses passaient dans ses yeux bruns.

– Je jette le cahier, dit Lili.

D'un ton distant, d'un ton d'évidence,

comme elle aurait parlé d'un emballage devenu inutile.

– Pourquoi ? Tu as écrit pendant tout un mois et tu veux t'en débarrasser ?

– …

– Tu risques de regretter, après.

– Mais ce n'est pas bien ! Pas intéressant ! s'écria Lili avec une colère brutale.

– C'est ce que tu penses maintenant, dit sa mère.

– Tu ne sais même pas ce qu'il y a dedans ! lança Lili.

Comme un défi.

Et avec l'envie d'étreindre à l'étouffer celle qui n'avait pas violé ses secrets.

– Et alors ? dit maman. Toi, tu le sais et c'est ton cahier.

Le vide-ordures se referma avec un claquement mou, caoutchouté, sans avaler l'objet.

– En voiture ! criait le père depuis l'entrée du studio.

Il avait déjà descendu les valises.

Dans la cuisine, Lili sanglotait, les bras serrés autour de la taille de sa mère.

– Je ne veux pas que tu meures ! disait-elle.

– Mais je ne vais pas mourir, murmurait la mère.

– Jamais ! criait Lili.

Elle avait l'impression d'être redevenue un bébé. Ou au contraire une très grande personne. Elle s'en fichait.

– Si, un jour... disait maman. Mais on a encore le temps.

– Il faut qu'on arrête de mourir un peu tous les jours ! suppliait Lili.

– Oui... oui... balbutiait la mère.

– Même si c'est seulement en écrivant dans un cahier pour dire que ce sera autrement !

– Oui... oui...

– En voiture ! répétait le père.

Il ne crierait jamais « Larguez les amarres ! » C'était de sa faute ? Un peu. Pas tout à fait. Pas seulement.

– En voiture ! Il faut passer Lyon et Fourvière avant onze heures ! Dépêchons !

Du même auteur à *l'école des loisirs*

Dans la collection NEUF

Miranda s'en va

Dans la collection MÉDIUM

Je veux voir Marcos
Le jour où on a mangé l'écrivain
Les nouveaux malheurs de Sophie
Sale gamine